陳建佐Chazel 著

空白地帶

目次

第一章 蟄

小便斗裡的黑色小蟲扭動著。一共三隻，兩左一右在尿漬上蠕動，磁磚內側上方凹槽結著蜘蛛網，網裡黏上幾隻小灰蚊，八腳生物蠢蠢欲動，喀拉喀拉甩動細瘦前肢，連這裡也有蜘蛛網，多久沒有人進來這裡了？

我想也是，時間在這裡倒是沒有什麼實質意義。

小蟲大概不到泡麵碎屑的一半大，可能是蛾的幼蟲吧我猜，門口地上有隻死的，差點被鞋底不經意踩碎，這裡的蛾太多了，有大有小，也有那種會爬在馬桶坐墊下趕也趕不走的怪異小蟲，又或許是某種沒有人知道名字的突變新種，我不知道，城市生態系複雜，每天都在發生各種難以理解的事情，小蟲們在通往水孔的壁邊扭動身軀，怎麼會生在這種注定長不大的地方呢？還是故意出現在這裡的？

陰謀論作祟，拉開褲檔拉鍊，尿液傾瀉，沒有要刻意避開的意思，我不想管它們死活。

從來不參加外邊過來的什麼假清高的動保團體，對那種組織沒興趣，既然做出選擇，就必須承擔後果，對吧？雖然小蟲們也沒有腦袋能理解這個概念就是了。

今天喝的水還不夠，尿有些濁，從邊壁流淌而下，漫過其中兩隻掙扎扭動的蟲體，牠們是在掙扎嗎？掙扎必須帶著痛苦的色彩，牠們是本來就痛苦，還是我的自我意識投射，過度解釋成牠們感到痛苦？

蟲的神經系統還什麼的大到足夠理解什麼是痛苦嗎？

咬文嚼字。

我搖搖頭，不應該撿奇怪的哲學書回家看的，問題還在膨脹，自體繁殖像變形蟲，噗啦，為什麼會選擇在這裡產卵呢？母蟲的腦袋裡內建物競天擇的意識嗎？物競天擇是本能嗎？還是牠們是靠人的尿液維生嗎？有可能牠們真正的巢穴是在水孔下，這幾隻只是湊巧爬出來被我看見？牠們有選擇嗎？牠們到底是什麼東西？說不定又只是——

停，完畢，我逼自己停止，整理好褲頭，伸手準備按壓沖水鈕，這裡還是舊式的按鈕，碰。

鳥撞在窗玻璃上，不偏不倚，正中紅心。

灰黑綠繡眼，和平時一樣，介於幼鳥與成鳥之間，鳥兒終究是長不大，無論身處都市範圍還是空白地帶，窗戶沒有破，留下幾條污漬，但那鳥應該也差不多了，沒關係，手邊有工具，一起處理。

打了個冷顫，從不高的氣窗望出去，我這時才注意到視線範圍的更後面是隻離地漂浮的巨大鯽魚，自樹叢裡露出半顆頭，頭吻部幾乎和輛公車差不多大小，從廁所窗戶的角度看出去特別顯眼，天明明還沒暗啊，嘖。按壓按鈕，嘩啦啦啦，沒想到這裡的水管竟然還有水源接通，愈來愈搞不懂空白地帶管線配置跟區域繁榮度的關係了。

水流孱弱，但足以致命，左邊那兩隻小黑蟲正好在髒水行進的路徑上，迅速被沖下水孔，剩下右邊那隻盡力想爬離水孔，可惜成效不彰，最終卡在排水口邊角，動彈不得。

願牠們安息，或是得以長生。

無所謂，沒有人會在意。

走向洗手台，鏡子整個碎掉了，水龍頭的出水極細，沒有比我的尿清澈多少，公園裡的公共廁所，這也是沒辦法的事，我隨便將水珠抹在褲子上，點了眼藥水，戴手套和豬鼻口罩，回到窗戶邊踮腳，手指嵌進窗溝，啊，生鏽卡死了。

好吧，只好繞到外面。裝屍體的袋子擺在廁所門口，黑色防水材質，內袋分左右共三格，提起揹帶往另一頭走，廁所後還有條堆滿落葉雜草的小水溝，幾百年沒人清理了，抬腿跨過，我盡量裝作不知道遠處那隻鯽魚的存在，牠們的眼睛像某種會將人類靈魂吸進去的黑洞，分不出善惡，洞察不出好惡，我不怎麼喜歡。

有種東西叫魚類恐懼症，Ichthyophobia，當初湊巧看到覺得這單字很酷特意背了起來，算是唯一擁有的外語能力吧，書店就算沒營業很久了，裡面果然還是有派得上用場的東西，我猜我大概有一點那種症，也有可能只是單純看牠們不爽，精神疾病這種東西是給城市那裡的有錢人得的，我們這種被病症歧視的階級，只配感染肺炎啊登革熱啊之類的底層疾病。

還是得踩東西才能攀上窗戶外緣，我的鞋尖抵牆，踩水溝邊堤起跳，勉強勾著了鳥身的一部分，多試了兩次，先是尾翼，再來是爪子，最後終於整隻抓入掌中。

手套布料隔絕溫度，應該還是溫熱的，牠雙目緊閉，和其他動物不同，鳥在死亡的時候眼睛是閉起來的，羽毛雖雜亂但相較之下安詳許多，我稍微翻動牠的身體，顏色完全不像是圖鑑上的配色與模樣，整體是灰階漸層，胸腹部最淺，而尾翅像墨汁一般，甚至比手套還要深上一層。

什麼都不能相信，連圖鑑也是。

拉開袋子，其中一格較小的專門給這種小鳥，和麻雀的屍體層層堆疊，回去再統一整理，另一邊給較大一點的八哥，今天也收穫不少，有時候會撿到逃出來的白文或是鸚鵡，大多是城市那邊飛過來餓死的，一樣放這格，最大那一格給鷺鷥之類的，不過我也只遇過一次，在水溝旁，全身顆粒黑點遍布，像從泥沼裡剛挖出來。

至於三不五時會遇到的貓狗屍體，那個需要用另外的防水布包起來，再用繩結綁在背包外側，雖然養分多，但時常晚一步便被其他生物給啃得稀巴爛，時機很重要，無論是死亡還是恰好遇見，鳥類都好處理許多，也難怪許多做這行的都只收鳥類，其他一概不理。

公共廁所位在公園邊陲一角，避開那隻鯽魚躲藏的樹叢，我知道這個距離牠碰不到我，但感覺不舒服，就像食物裡面出現蟑螂鬚這種狀況一樣，噁心，無法接受，無法預知牠們下一步會有什麼動作的情況最讓人感到不安，牠仍然縮在那一動也不動，不知道在等些什麼，我討厭跟牠們打交道，溼溼滑滑黏答答，沒有半點溫度。

我決定提早回家，今天這樣的量夠了。往反方向走，樹叢另一側忽然有動靜吸引我的注意，唰唰唰唰唰，轉頭，樹叢底部竄出隻小黑狗，還活著，但明顯營養不良，太過去可是會被那隻笨魚給吃掉啊阿呆！我邊想邊繼續走，沒有打算靠過去，但牠眼睛發亮，迅速衝至我腳邊再退回一段距離，雙腳拍地，翹著屁股狂搖尾巴，還是隻小狗，對這世界還抱持熱情的小生物。

忽然想起自己戴著豬鼻外觀的防毒面具，對豬鼻有興趣嗎？真難得，我傾身蹲了下來，慢慢伸出右手，牠在手掌周遭蹦蹦跳跳，踩起一小團沙塵，忽前忽後，除了左眼有圈淺棕色細毛，全身上下黑不溜丟的，牠對著我的手套張嘴撲咬，一副終於找到玩伴的樣子，媽媽呢？你媽媽呢？流浪動物的附近總是有母親，生物本能展現，純天然內建。

牠還是異常興奮，有沒有媽媽似乎也無所謂。

天然不天然，人工不自然，天生或後生，本性與偽裝，所有事情似乎都比愚蠢至極的人類想得還複雜，我想起側袋有肉條，前幾天賣場旁巷子垃圾桶撿的，「欸！等我一下，小黑你等我一下。」

胡亂取了個沒創意的綽號，反正牠也聽不太懂人話，口水亂噴，牠發出興奮低鳴，狗可以吃人吃的東西嗎？應該沒關係，反正都不是天然的，活得長跟活得短也只是相對概念，宇宙洪荒與電光石火都只是時間作祟。

嗷嗚，肉條被一口咬走，虎牙差點劃到手指，沒家教的死小孩，我縮手，袋裡還有一條半，全部給牠吃會不會太多？這種空氣拔面罩應該沒事吧？抬頭看了破舊路燈之後的紫色天空，沒有半朵雲，今天天氣還算不錯。

脫掉面罩，就這麼辦。

吧喳吧喳亂啃一通，小黑前掌壓著肉條，吃得津津有味，我將另一條放在腳邊，拉下豬鼻，牙齒撕開斷成兩截的剩下半條，有股奇怪的冰箱冷凍味，跟空氣無關，肉上沾染到生魚的氣息了，難怪專賣過期食品的超市扔了一堆在巷子裡頭。

不舒服，我憋氣嚥下，將剩下的肉條一併推過去給小黑，那家裡面那堆要怎麼處理勒？之後都帶來給小黑吃好了。

「小黑你慢慢吃。」

站起身子，那小傢伙迅速看了我一眼，尾巴搖啊搖，但沒有心力顧及我的動作，滿腦子只有吃，小狗就是這樣，一點危機意識也沒有，要帶去給狗王養嗎？算了，麻煩，我掛回豬鼻，放輕腳步後退離開。

今日善事的扣打已用罄，有事擇期再約。

那隻鯽魚還是懸浮在那，嘴巴一開一闔的，我抬起頭，有群烏賊從包圍公園的建築物後方游出，鰻魚躲在陰影處探頭探腦，鐵甲擾動城市霧霾，夕陽從高樓夾縫刺入，這時間點正好是所有生物出動的時間，螃蟹迅速爬動，海葵伸展觸手，海鯰、毛鱗、狗母、鼬魚、青頭仔、水針、學仔、紅大目仔……

這是座海底城，沒有水的海底城。

魚在空中飛，聽起來有夠荒謬，可荒謬久了自然成習慣，習慣成自然，感覺荒謬或許才是真的荒謬。

又在咬文嚼字。

轉過彎後就不見小黑身影了，有緣會再相見的，公園入口處的ㄇ形欄杆不曉得被什麼鈍器給痛砸一頓，中間整個凹下碰觸地面，抬腳跨過，左右各一排圍繞公園的枯萎矮仙丹，人行道一片狼藉，垃圾滿地，路旁燈柱破損歪斜，好幾輛故障生鏽的汽車停在路旁，擋風玻璃整片碎裂，彎曲藤蔓竄升攀附車身，像被拋棄了上百年之久。

這也是沒辦法的事，這裡是墳場，曾是烏托邦的墳場。

這樣說其實不太準確，將城市規劃成烏托邦並不代表它就會變成烏托邦，原本設計成天橋的各式柱狀鋼材石材裸露，從地上或是建築物的側邊牆面一根根長出，有些蓋得較早，幾十年前工程單位已放上了可行走的橋面，但橋是否能夠通往目的地，還是懸在半空讓不注意腳邊的人摔死或重傷不得而知，這種事在這裡稀鬆平常且繁瑣，大家都是習以為常。

我踩著滿布裂痕的柏油馬路，跨過早就稱不上是封鎖線的黃色塑膠長帶，走上公園旁足足有三層樓高的灰黑天橋，背包只有半滿再多一點點，回家前去吊人樹那邊看看，說不定會有所收穫。

一步一步小心翼翼，水泥碎塊在鞋底膠面下崩解，連續三周繞來這裡，也算是熟悉了不少，每一條走過的路徑都是微薄貢獻，生鏽鐵桶擋在階梯盡頭，側著身通過，掃落幾隻欄杆上跳躍的草蝦，牠們會飛會游，摔不死，緩緩飄落至下方的另一團混亂之中，這部分的天橋設計成四條直線圍繞的正方形，我記得要到斜對角去，拐彎，夕陽正好直射眼珠，刺痛角膜，這大概是日光少數能辨得到的事情之一，早就喪失網路辭典裡說的熱度以及殺菌效果了，如果真能殺菌，那這座城市大概會直接消失在地表上吧我猜。

九十度直角後方延伸三個新選擇，左邊往下繞進二樓的大樓夾縫中，順著一直走會有間酒吧開在盡頭，這時間點應該還沒開門；中間向上穿進曾是辦公室的多功能中心，常有人在裡面舉辦宗教儀式之類的，無可厚非，這裡需要救贖與大量心靈寄託，再過去有個懸空的廣場，上萬噸可回收垃圾的暫時處理場地，有一些攤販會在那裡補給回收垃圾的居民們；右邊一樣向下，但是是通往地面，純粹是天橋入口，再走一段是地下道入口，那個方向時常有幫派分子出沒，遇到他們被找麻煩的機率大概三成，浪費時間也浪費尊嚴，還是走中間比較符合經濟效益。

說到經濟效益這個詞，當初還是從組織裡其他人那裡聽來的，忘記是白白還是妮娜說的，他們比較聰明，有的沒的鬼點子也比較多，總之我們負責的任務不同，該在期限內完成的事也不太一樣。

總之先走中間，等等再繞個路就好了。

到達四樓前遠遠便看到牆上的聖母迎接我的前來，她雙手自骨盆處微微張開，呈現接受擁抱的姿勢，溫柔和善，素色長袍被抹得髒兮兮，外頭披著另一件布料，低垂著頭俯視到臨的每一個過客，花圈漂浮頭頂，背後聖光根根突刺而出，像牆上重新噴漆過的鐵欄杆尖刺，可惜我看不見她的雙眼是否慈愛，鼻翼之上額頭之下被黑色噴漆抹去，像試圖用拙劣手法遮去不願被人知道的天大祕密。

腦中除了閃過記憶中媽媽模糊的身影，我沒有什麼特別的感受，所謂神的感召或奇異體驗從來沒有發生在我身上過，那些從痛苦中尋求真理的人也是些邏輯不通的怪胎吧我猜，不過怪胎歸怪胎，別妨礙到我就是了。

轉彎進到室內，到處都是被濃煙燻黑的痕跡，下午還沒開始舉辦儀式或祭典，但已經有一些人在裡頭走動布置蠟燭和柴火，男女老少都有，蒙著臉披著破布爛衫，我不想和他們對到眼，這不是我的場域，低頭左拐右彎，穿越另一座空中步道。

時不時有大魚小魚游過半空，把廢棄大樓當作珊瑚礁安居覓食，破窗、欄杆、曾是門柱之處，全都有機會遇上，或是單隻或是一群，而那些身型巨大的只能在外頭窺看，等待時機。

相較之下，步道盡頭的空中廣場卻不見貼近游過的大小魚蹤，那裡沒有什麼掩體遮蔽，反而成為海底生物避而遠之的地方，廣場上人群雜沓，一大半邊堆滿嚴謹分類的垃圾，滿身大汗、忙碌奔走的城市居民和捧著防塵罩裡甜點熱食的小販們來回穿梭，叫賣呼喊聲隔著口罩豬鼻模糊不清，時間尚早，夜晚還沒降臨。

該吃些點心嗎？手指在長褲口袋裡數著還剩多少零錢，鈔票擺在胸口的口袋裡頭，非必要時不會輕易示人，五、六、七、八……八十，花十塊買個紅豆餅來吃，還在可接受的範圍。

側身閃避迎面而來的服飾攤販，衣架上掛滿垃圾場裡撿來、重新整理過的衣褲，沒有賣鞋子，差不多該把腳下這雙換掉了，為了更精確的定位地圖，每天走來走去也差不多要把鞋底給磨平了，另一邊有賣蔥油餅和袋裝奶茶的，肚子雖然還沒有很餓，可嘴巴饞，迅速買個東西，必須趁太陽下山之前去吊人樹那裡看看，加緊腳步，太晚回去可就不好了。

廣場被座座垃圾小山分隔成數塊區域，紛亂卻井然有序，我從乾裂地磚走至流滿髒水的溼答區塊，找到了，紅豆餅小攤車就在壓扁的紙箱區塊旁，老闆娘的頭巾圖案寫著滿滿的R字，鮮紅如傷疤，印在深色的油膩布料上，看來她年輕時也曾瘋狂過，R是上個世代的偶像了，擁有像是宗教領袖魅力的樂壇明星，好像因為試圖顛覆政府還什麼內亂外患罪的被關了一陣子，再之後的事我就不知道了。

「老闆娘，一個紅豆的。」選擇只有兩種，我不喜歡奶油的味道。

「直接手拿可以嗎？」

「好。」我脫下手套放右邊口袋，左手給出十塊硬幣，同時接過先熱好擺在旁邊的餅，「謝謝。」

「嗯。」

老闆娘沒空理我，拿起鐵壺繼續將麵糊倒上金屬模具，我嘴裡塞滿食物，繼續沿著紙箱高牆邊行走，和手提便當的外送員一起讓路給滿載成堆寶特瓶的大拖車，塑膠條旁是塑膠袋，紅的白的黃的綠的，透明塑膠薄片從紙板上剝下來疊在一塊，像透明的疊疊樂，紙板無論大小全都送到後面，鐵罐踩扁放進黑色籃子裡，不曉得是哪個白癡不小心撞倒玻璃瓶柱，從另外一頭連鎖反應成為一波大浪，碎片花白參差，色彩斑斕摻雜，咒罵聲同時排山而來，可罵歸罵，倒也不會影響所有人的行動，大家碎嘴幾句後繼續動作，畢竟送來廣場的回收垃圾源源不絕，要多少有多少。

流浪貓和野生的狗也穿梭在垃圾牆縫之中，知道該鑽過哪條路徑，該躲藏在哪一個人手搆不著的區塊，知道哪裡是至高點，哪些人可以親近撒嬌央求觸碰與食物，哪些地方去不得。我不清楚牠們之間是不是也有類似幫派或是組織之類的隸屬關係，再轉彎，我有些訝異，迎面而來同樣帶著豬鼻的魁梧男人身後跟著好幾隻身材細瘦卻結實的黑色野狗，每雙指爪輕快穩重，頸掛統一花色項圈，側身印著墨綠數字，像支精良軍隊，真難得，狗王也會來這裡？我朝他點點頭，他看了我一眼，友善回禮。

該說點什麼寒暄幾句，我想到公園裡的那隻小黑狗，但我和他不熟，一時語塞，嘴巴在豬鼻後支支吾吾，狗王又看了我一眼，滿頭黑髮油膩膩亂翹，方臉雙下巴輕輕晃動，稍微抬起右手——

陰影忽地遮蔽夕日，野狗軍團躁動低鳴，我和狗王同時抬起頭，比廣場整整大上數十倍的肥碩身軀自上方經過，看不清皺褶皮膚上滿佈的藤壺與寄生魚種，二十幾年前便開始出現在城市建物上空的巨大哺乳類生物，海底城之始，一切一切的源頭。

原先只有少數人能看見，但世界不一樣了，所有東西都慢慢在改變，連這裡也沒有例外。

突如其來的黑夜沒有帶來混亂，除了幾聲狗吠之外，幾乎所有正在進行中的動作都停了下來，某種趨近於寂靜的細碎窸窣聲在空氣中遊走，這是禮讚——或是稱為致敬——的一種，我的雙手放至兩側褲縫，抬頭仰望巨鯨肚腹，傳說一開始有兩隻，一黑一白，後來白的那隻死了，轟的一聲撞上大樓，墜落在城市另一頭，沒有人知道原因，也沒有人能探究出個所以然，那不是人類有限的腦袋與智慧能得到的答案，窺見世界運行的部分真理就已經是上天極大的恩賜，我們應該臣服，表示謙卑，然後乞求垂憐。

我不太信這個，不過大多時候不置可否，荒謬的事情見多之後，不知不覺也變成了不可知論者，稱不上漠視，也不算消極，大概是介於所有價值觀的中間，什麼都沾一點，但也什麼都不是。

陰影很快退去，那頭漆黑巨獸朝落日的反方向游去，周圍事物又開始動了起來，幾隻狗湊上來抬頭嗅聞，溼潤鼻尖吸吸吸，檢查我身後背包裡是否有什麼奇怪物品。

低下頭，我的視線這時才和狗王正式對上，他張口，大片黃板牙中缺了半顆虎牙，「嘿，收屍體的。」

「嗯？怎麼了？」

「你要去吊人樹那裡嗎？」

「對，」我說，其實很少跟他交談，但對狗王來說，沒有他想知道卻知道不了的枝微小事，「現在要過去。」

「那邊有新鮮的貨，我不確定放的人還有沒有在那裡。」

「新鮮的貨……？」

「有我的狗。」

「……」我不知道該如何回應。

「裡面有我的狗。」狗王加重語氣，嚴肅表情中似乎透著一股難以形容的悲傷，「幫我妥善利用，順便幫我找一下項圈。」

「好。」我說，我其實也沒辦法說不。

可是，是誰敢打狗王的主意？一般路邊的野狗就算了，但狗王那異樣鮮明的綠色項圈夜裡螢光，每隻又都驍勇善戰……

先去看看，必須加緊腳步，先過去看看再說。

*

吊人樹長得張揚，不僅只是單純攀附於牆垣的藤蔓，枝葉中混雜金屬碎片與電路殘骸，縫隙塞著瓶罐與塑膠，人造垃圾和自然產物混雜交錯，早就成為彼此的一部分，日光反射閃爍，暗綠與枯黃與異常刺眼的亮銀交織，一路延伸至廢棄大樓頂部，抬頭仰望也一時找不到樹叢盡頭，塑膠零件與短枝構成的巢築在樹上，暫時還沒見到鳥類的身影，但也差不多該回來了，在太陽沒入地底之時。

那狗就被勒著脖子掛在一人高的枝椏上，貼近牆的那邊，身子在重力之下拉得極長，側邊有道又深又長的傷口還裹著層半乾黑血，將肩頭的數字036切成兩半，屎尿落滿地面與較低層枝葉，牠的綠項圈不見了，但從精煉身材看得出是屬於狗王的一份子。

或許位置太高，狗王的身材沒辦法親自爬上去卸下來，才會拜託我吧？

太陽快下山了，放下背包，側袋拿出防水布與童軍繩擺在一旁，短刀準備好，踩上橫向生長的藤條，樹叢晃蕩，從我臉頰前游出一群拇指大的小魚，嘿啊，有夠討厭，我試著無視那些眼神空洞的生物，再往上爬了幾公尺，伸手試圖割斷大狗頸上粗繩，牠的長舌頭從齒縫垂出嘴側，早就發黑變紫腫脹，眼珠被挖了出來，不確定是什麼時候被誰下手的，黑洞洞，直通開始有蒼蠅進駐的空虛腦袋。

腥血不止引來蟲蚋，許多長相醜陋的魚類也湊了過來，吸食炊煙般婀娜擴散的紅色，這是第三類接觸，像古早時代整齊擺放在門口桌上的祭神供品，豬鼻隔絕那些可以想像的臭氣，我盡量動作俐落，將屍體從樹枝中拖扯拖出，撥開纏住左後腳的暗綠，牠比想像中還重一些，腳下藤條吱吱作響，我的肩膀抵著後方穿刺突出的歪曲鋼條，膝蓋蹲低，分兩步跳回地面那攤屎尿旁，走到攤開的防水布旁，將肌肉僵硬的大狗身體擺上置中。

隔著手套還是能感受毛皮粗糙中帶著柔軟，大狗有兩層毛，毛上卡了一層黑灰，我稍微用點力將牠的四肢折近軀幹，發出喀喀聲響，防水布裹上，像都市裡那種壽司店師傅用海苔包覆米飯，只在網路上看過，生的東西味道應該不太好吧？收攏好尾巴，另一邊一顆狗頭露了出來，利牙參差，發射不出去的狗肉砲彈。

童軍繩綁在外側，大狗屍體橫擺在背包底部纏緊，先這樣，我揹起背包走向樹的另一邊，聲響窸窣窸窣，轉彎，兩個同樣提著袋子的年輕人看起來剛到不久，一男一女，他們撥開樹叢，想拉出被樹莖纏繞的老鼠屍體，那老鼠吃油渣吃得肥嘟嘟，都快比貓還大了。

看來是同行。

來。」

「嗨。」我舉手招呼，聲音糊在一塊，「那隻纏得很緊，我前兩天也有試過要把牠拉出來。」

「……喔，你後面那個是在另一邊發現的？」棕色瀏海高高抓起的男人直起腰，豬鼻下的過濾筒指向大狗屍體，我認得他，印象中他比較常在中正路跟中山路那一區出沒，之前如果有繞路過去會點頭示好，對話倒是第一次。

「狗王的狗。」跟他不熟，他身旁樹枝葉藤裡露出的屁股輕扭後退，我繼續補充，「他拜託我來收走。」

「狗王？有人敢動他的狗？」

「我也不清楚。」

「上面有編號嗎？說不定是剛收編的，還不熟悉該怎麼戰鬥之類的。」女人一樣戴著半臉面罩，金色頭髮，右耳上的半邊剃得精光，眉骨上兩顆假鑽閃閃發亮，她一手握著被枝條包覆的腐爛鼠屍，一手則是銀亮剪刀。

沒見過的人，新來的？這行不好做啊孩子。

「有編號，036。」

「這就奇怪了，很前面，應該是元老級的了。」

「那另外一邊有掛其他可以收的嗎？」男人問。

「沒，我剛看過了。」我回答。

「今天看來也沒什麼收穫……」

「那是誰？」女人忽然插入句不相關的話，語氣與剛剛截然不同。

循聲抬頭，離我們不遠處的二樓與三樓不知何時冒出幾個黑衣服黑斗篷的傢伙，看不見面容，手裡握著深色長槍，他們無聲無息，靜得像無數個能吸收一切的迷你黑洞，不知站在那裡多久了，沒見過的裝扮，沒見過的人。

而且還明目張膽拿著槍。

即便這裡出入份子複雜，但是任何有點規模的組織我們應該都會知道，我迅速搜索腦中資訊，看起來不像宗教團體，應該也不是傭兵或地道流氓幫派，沒有任何符合特徵的傢伙敢這麼輕易亮刀亮槍，這個區塊沒有政府介入，不代表可以為所欲為。

莫名其妙，跟那些垃圾臭魚一樣，一股沒感受過的恐懼感稍稍湧上胸口。我們不敢輕舉妄動，原先四處游動的大魚小魚全都不知消失到哪去了，平常不是最愛擾亂我們活動的嗎？我能感覺到另外兩個人的緊張，身後女人率先將雙手舉高，剪刀刀尖朝下指地，在她的指間左右亂顫。

「這是……這什麼情況？」以只有我們能聽見的聲音，男人低聲地說，我緩慢轉動頸部，盡可能用眼角餘光環顧四週，不僅樹叢正對面有人，兩側樓頂也有，對方呈ㄇ字型包圍我們，或許我們身後也有，只是我無法看到後面，不清楚意圖，直覺上不會是好事。

「我不知道……」手邊除了一把小刀外沒有其他防身武器，該舉起手嗎？棕髮男人的手仍擺在腰際，不確定是否和我想著一樣的事情，汗液冒出，從額間滑落，流經鼻翼上方，我們僵持了幾秒，雙雙舉起手來。

太陽終於落入地平線，剩混著雜質的紫紅在建築頂端勾勒成邊框，建物陰影之中的鬼魅與自上垂下的黑暗融為一體，肉眼無從辨識，我能聽見自己和另外兩人傳出豬鼻面罩的厚重呼吸聲，還有一道極細微、像蚊蟲飛舞一般的哨音在周遭流動，眼睛還沒適應這樣的亮度，逢魔時刻，生死交接的瞬間。

「中山路的克達、專搜鳥類的荒、還有，繁虹對吧？」

打破僵局，低沉合成人聲似乎同時從四面八方傳來，知道我的名字，看來也是這個空白地帶的人，他們叫做克達和繁虹嗎？我試圖讓雙眼能適應昏暗周遭，跟上闃黑之中那些人的動作，但對方不給我們更多時間，忽然自角落出現的聚光燈架在我們前方，兩道強烈白光忽地亮起，籠罩我們全身上下，我不由自主緊閉雙眼，無法顧及另外兩人，電子合聲仍在繼續，輕蔑笑意包夾其中。

「有事情想要和你們商量。」

「商量什麼？有人這樣找人商量的？」身側的克達語氣明顯不滿，他是有什麼祕密武器嗎？這種情況下怎麼能這樣說話？我盡量集中精神，豎起耳朵，想聽清楚周圍細碎聲響。

不知名的尖細哨音、衣褲摩擦、枝葉隨微風擺盪、草叢中昆蟲窸窣、遠處回巢的細微鳥叫、聚光燈嗡嗡作響、物品擺放落地聲、除此之外還有……「當然有，只是你沒有想過而已。」

槍械上膛聲，克達的反駁硬生生哽在喉頭，我的眼睛仍然張不開，雙手舉在耳際，我們看不到他們，不代表他們看不見我們。

上道點啊克達，先聽他講，只能先聽他講。

「要拜託你們的事情很簡單，你們是專門處理屍體的人，是最適合這種工作的人。」

沒有人回應。

「別緊張，工作內容很簡單，你們都能輕易上手。」

白光瞬間暗了幾個色階，我撐開眼皮用力瞇起，我們三人前方出現一個半人高黑色箱子，金屬冰冷，一條條長方凹痕像行李箱外殼材料，上方連接兩條背帶垂地，方便背在身後的設計。

是剛才我們雙眼感官無法使用時擺放的，我能感覺到那些人還在，藏在樹和周遭建築的陰暗角落中，繁虹的呼吸仍然急促，透過豬鼻震動空氣，克達稍微動了動左腳膝蓋，微微顫動，不能亂跑，我們也逃不了。

「要處理箱子裡的東西嗎？」沒辦法退，只好主動試探，這種摸不清對方底細的情況最棘手，怎麼做都可能出事。

「沒錯。」

「裡面是什麼？」我繼續問。

「不管裡面是什麼，你們的工作就是把他們處理掉。」

「那……」

「我會再找你們。」

燈光驟亮後轉瞬消滅，再度陷入無法感知的世界，不知哪來的高頻尖銳伴隨，從身體各個孔竅直鑽腦門，我忍不住摀起耳朵，約莫數十秒後視覺和聽覺才又恢復功能，可顆粒狀的聲音碎塊還殘留著，我再次活動僵硬肌肉，黑暗中箱子留在原處，克達和繁虹也都還在，環視周遭，那些黑斗篷已不見蹤影。

繁虹率先打亮掛在身上的照明小燈，我們跟上，三顆圓形光球在半空左右晃動，那些黑斗篷怪胎似乎沒留下任何痕跡，遠處祭儀頌咒聲隱隱，伴隨幾聲警笛，我們左顧右盼，確認沒有其他人，目光才再次擺回那只大箱上。

魚又出現了，幾隻白鬚公在箱旁啄啄嗅嗅，克達走上前去，不耐煩伸手揮擺將牠們驅趕開來，看不清楚他的表情，他說：「現在該怎麼辦？」

「我不知道。」我發自肺腑。

「裡面應該是屍體吧，照他剛剛的說法。」繁虹邊說邊從我面前走過，點亮身上另一顆燈泡。

「打開？」

「……先不要，」抬起腳，我也轉移陣地到金屬箱子旁，「搞清楚他們到底是誰之前，什麼都先不要碰比較保險。」

「很合理，那如果我們一整個晚上都搞不清楚他們是誰勒？」

繁虹的言詞犀利，和剛剛那個馬上投降的窩囊樣貌全然不同，克達站在她那邊，點頭表示贊同。二比一，算我倒楣，周圍因光線聚集而來的魚類愈來愈多，我感到渾身不對勁，既然那些黑斗篷能夠無聲無息追蹤我們，那我們還有多少事情是被他們知悉的？

「好吧，」我說，「那要怎麼分？你們平常都怎麼分配？」

「看誰先看到，先搶先贏。」

「如果同時看到，你們都覺得是自己先哩？」我又問。

「那就……猜拳。」克達說。

「……好方法。」

「嗯……」

「那來吧！」繁虹捲起袖口，金屬剪刀和食指中指組成的肉剪刀揮啊揮的。

「認真？」

「沒有在跟你開玩笑。」

剪刀、石頭、布。

＊

方格子螢幕上播著火車頭大的螃蟹夾斷人手臂的影片，幾個小時前剛放上網路，匿名，追蹤不到位址，最近這些海底生物是不是有愈來愈大的傾向？我有種這會在空白地帶裡開始瘋傳的預兆，收訊不是說很好，影片斷斷續續，將聲音稍稍轉小，我走向放在一旁地上的背包。

金屬箱子擺在門邊，不知道裡面是什麼，不太想現在打開它，提起背包掛上左肩，冰冷的狗鼻子柔軟卻乾澀，我喝乾桌上杯子裡的冷咖啡，另一手提起金屬大箱，拉開房間門把，一股冷風灌進衣領，直通胸腹，我忍不住縮起身子打了個噴嚏，背後影片聲響迴盪在走廊之中。

「喂喂喂那是什麼？」

「……螃蟹？」

「喔……？」

「……快跑！那東西要碰到我們了！」

「怎麼可……啊啊啊啊啊——」

生鏽鐵門碰的一聲關上，走廊沒人甚至沒燈，剩遠處樓梯口的淡綠色緊急照明微微發亮，那個燈箱破了一半，燈管還能殘存至今也算是奇蹟，我在趨近全黑之中緩緩移動，同一層樓有幾間這幾天也有住人，但住戶來來去去，唯一久住的大概只有我而已吧！

上樓梯，我盡量不往下看，這種微弱光源下依賴視覺只會徒增危險，相信身體記住的習慣，破碎地磚、剝蝕的扶手、壁癌裂痕、轉角塗鴉、失去功用的消防水箱、半掩半開的骯髒氣窗……腦袋裡建構出周遭環境畫面，轉彎，通往頂樓的厚門吸去所有光線，像深海洞窟入口。

掏出鑰匙插入鎖頭，拉開插栓，門的底部摩擦地板發出尖銳響聲，呃，沒有預期中的霧紫色夜空籠罩，門外是顆巨大混濁眼珠，超越現實的畫面，又來了，可以不要堵在這裡嗎？

伸出腳輕輕朝牠的眼白點了點，腳尖還未碰觸到，大眼珠就自己後退了，接續淡紫淺灰半透明一陣蠕動，讓出了條通道給我，我踏出室外，長滿吸盤的觸手在左右流動，像移動的牆，天空和往常一般呈現不自然的紫和綠，頂樓更前方枝條樹葉交錯，在夜風吹動下窸窣作響。

臭章魚住在頂樓好一陣子了，章魚不算魚類，有什麼情緒也都很明顯地顯露出來，所以我沒有特別感到反感，我們之間保持互不侵擾的默契，這是互利共生，牠夠巨大，足以保護這棟破公寓，我在這裡種了棵樹，足以作為牠的棲身之所。

至於為什麼章魚要住在樹叢裡，這我也不清楚，反正這世界本來就荒謬，沒有答案還是能繼續過下去不是嗎？

再往前走，藤蔓攀附建物，主幹長在頂樓長方形的其中一角，細葉旁顆顆粉嫩花苞飽滿下垂，馬上就要開花了，我卸下背包戴起手套，將狗的屍體從防水布裡拖出，黑狗已經開始緩慢腐爛，鼻屎大的蚊蚋一整群從層層毛皮中竄出盤旋，在臉前亂飛一通，好險還掛著豬鼻，聞不到味道。

鏟子擺在樹下，跨過頂樓破碎地磚上稍粗的枝條長藤，在第四區挖了個不大不小的坑，我自己把頂樓的土壤分布劃成五區，數字由小到大代表帶回來的屍體大小，通常一區都是鳥，二區比較多貓，三區四區就分給犬隻，剩下第五區雖是規劃來放大型生物的，分到的面積卻最小，畢竟大狗屍體已經是稀有中的稀有，基本上空白地帶的巷弄裡不會遇到更大的生物，但還是以防萬一，防範未然。

至於人的屍體我不太常碰，有其他專門收人體的，殯葬業那邊的人跟幫派大多關係匪淺，亂撿亂扛惹禍上身可就得不償失。

回頭彎腰捧起大狗屍體，放進坑中覆蓋黏膩泥土，有些幹這行的會一邊唸咒、禱告、甚至用音響放佛經，我不信這套，沒有天堂也沒有地獄，到哪裡都一樣，我們活著應該還有更加遠大的目標要追尋我猜。

樹根在蠢蠢欲動，它容易餓，十幾個小時沒嚐到食物的貪吃鬼當然迫不及待，我低聲安撫它，將墓穴上新蓋的泥土鋪平，站起身子回到背包旁，拿出今日收穫一字排開，綠繡眼三隻，八哥兩隻，白頭翁兩隻，麻雀比較多，一共有六隻，大概是天氣變化快，一時承受不了？我也不確定，也可能是路邊野孩子用彈弓打下來的，我不想深究，這不是重點，這種體型再多也只是塞牙縫。

一個蘿蔔一個坑，鳥的屍體一放進小坑裡，蔓延過來的枝幹細絲像蟲一樣上下蠕動，以超越一般植物的速度攀爬探鑽覆蓋，緊緊包覆其中，差點連我的手指也一併捕食。

組織說這種樹的祖先是食蟲植物，改造與演化成現在這個樣子，整天沒吃東西，會餓也是正常的，我拍拍一旁包覆著細絲、像環狀小河流般纏繞崇動的主幹，抬頭，正好和那隻臭章魚對上了眼，牠對似乎對我帶上來的另一個大鐵箱有興趣，想用牠的吸盤觸手輕輕撥弄。

「喂喂喂，先別亂動！等一下再……」

長褲右側口袋裡的手機忽然震動起來，很會選時機，螢幕顯示不明來電，我揮著手一邊按下通話鍵，這個時間點只有——

「還沒好啦。」我劈頭就說，先聲奪人。

「蛤？還要多久啊？」另一頭女聲嬌嗔。

「我不確定，最快也要再……」頭頂上的花苞膨脹，幾片花萼尖端已開始出現分岔，再過不久便會綻放豔紅鮮花，「一個禮拜，一到兩個禮拜之間。」

「好，我可以等！」

「嗯，你不等我也沒辦法。」

「找時間我們會再過去看看。」

「最好是我也在的時候……」我還沒說完，喀喀！電話無預警掛斷，有沒有禮貌啊？算了，我繼續朝章魚大力揮手，做出驅趕動作，走回大箱子旁邊，讓人傷腦筋的另一件事。

作為空白地帶的收屍人，什麼詭異荒謬的情況都有可能遇上，但稍早那群黑衣人我毫無線索脈絡，我想他們是從都市那邊進來的，這裡不太可能產出這樣一群組織精良、行動隱匿的士兵卻半點風聲也沒有，空白地帶有些時候風聲走漏的速度比蒼蠅飛舞更迅速，可沒有什麼真的能隱藏起來的祕密。

那是第一個問題，第二個問題在於，如果是要讓我們來處理的東西，而且不只一件，那除了屍體以外還能有什麼？難不成是炸彈？但炸死我們也沒好處可拿。

也就是說……箱蓋開關在兩端側壁的接縫處，雙手指尖捏著，同時按下紅色按鈕，或著深灰的霧白冷煙從初開的縫隙中大量流洩而出，淹沒腳踝和附近地面，迅速瞥了一眼大章魚，牠仍然睜著眼睛無動於衷，我繼續掀開頂蓋，裡頭白茫茫一片，約莫五秒之後，冰冷煙霧才漸漸散去。

側身屈肢，一具蒼白的中年男人的屍體，頸部有個切口，體內的血全被放掉了，不用翻身就能看出他的臉部已經整個毀掉了，全身毛髮被剃個精光，左手上臂膨脹腫大，將膝蓋圍住，像是水母漂，腹部似乎是生前就囤積了一堆脂肪，下垂在折起的左大腿上，腳趾好像被磨平了，帶著一些暗紅卡在箱底。

幹你娘，我就知道，當這裡垃圾處理場是嗎？

……好啦，就某些層面這裡確實是如此，可這也不是我們自願的，之所以市政府不願意讓這個空白區域顯現在地圖上，追根究底就從不是人民的問題，擅自劃分區域、擅自隔離、擅自任其荒廢，卻又將不願意處理的垃圾與所有骯髒勾當送進這裡，我們到底做錯了什麼？到底欠上面的那些垃圾什麼？

我憤恨跺腳，從周圍包圍過來的藤蔓嚇了一跳，猛然停下動作，和章魚各佔據了半個頂樓，我要他們別來打擾，彎腰伸出戴手套的雙手，將屍體從箱中抱出，放到門口旁的磅秤上。

六十二點二公斤，大約一百七十一公分，無法辨識長相髮型，眼珠、鼻子和嘴唇都不見了，右肩上跟左膝各有塊被磨掉的痕跡，不確定之前是傷疤、胎記還是刺青，說實在的量這些也都不準，這就只是具人形肥料，除了餵給樹以外一點用也沒有。

不，不能輕易亂餵，雖然在被硬塞的情況下，可能不會有葬儀社的來找麻煩，但小心為上，我再次抱起屍體，重新塞回鐵箱之中。

必須去那個賣情報的那裡一趟，想辦法搞清楚整件事情。

「這還不能給你吃。」我對著腳邊的藤蔓說道，揹起鐵箱和背包回到頂樓入口處，鎖門，繞過一個又一個轉角扶手下樓，賣情報的最近住在離這棟公寓不遠的地下，說什麼舊捷運隧道很方便幹各種壞事之類的，隨便，總之先到他那裡，其餘……

我停下腳步，樓梯間瞬間轉為寂靜，即便身處黑暗，也能感知到一樓玄關有個人站在那，拜剛才施肥時光線微弱之賜，眼睛適應周遭，也沒有突如其來的強光照射攪局，多少能辨認出對方外型，是比我還高的精壯身材，身上罩著黑色斗篷，原本該是臉部的位置像團黑洞，能把所有東西吸進去似的，他手裡握著應該是長槍的東西，雙腳穩紮地面，就立在早就壞了擺在一旁的大門旁，動也不動。

是下午那些人！為了監控我有沒有好好處理掉屍體嗎？也就是說，箱子上有追蹤器吧？他們知道最後屍體是我帶走的，如果是這樣的話，他們還知道些什麼？很多細碎資訊會不經意流傳出去，有可能只是要做任務完成後的最後確認，我不想多惹事，還是他們想要殺人滅口？不，應該不是，他們有求於我，我對他們還有用處，還有轉圜餘地。深吸口氣，摒除過多雜七雜八疑問，目前能做的是對話，想辦法先對話，現在亂猜一通也不是辦法。

「嗨？」

沒有回應，對方仍然跟雕像一般，到底會不會呼吸誰也說不準。

「啊囉？」

依舊沒有回應，甚至連呼吸聲都沒聽見。

「我們下午是不是有見過？呃，方便說個話嗎？」

對方是機器人還是木偶嗎？

「呃，就，我現在是不能出去嗎？」

拋出去的語句像是真的被黑洞吸走，得不到任何回應，肩膀有點酸，我放下鐵箱，發出巨大撞地聲，他手上的長槍瞬間抬了起來，伴隨細微蚊蟲聲，又是那個聲音！紅外線光點刺入我的視網膜，這不是我第一次被槍指著，但卻是第一次覺得不寒而慄。

我無法透過他的表情和反應預測他在想什麼，下一步會有什麼動作，他應該知道我還沒處理掉屍體？因為聽聲音就知道箱子重量不同？這不是重點，如果知道我還沒處理掉屍體，他應該不會輕易開槍，但問題在於我該怎麼做才能脫身，以及他到底知道多少事情。

有捨就有得，有捨才有得。

左手，先從左手開始，食指、中指、無名指，我摒住呼吸，緩緩向下伸，他沒有突如其來的反應，眼角餘光裡的紅外線點在掌心中央，隨著我的動作移動，直到搆著大鐵箱背帶，握緊，再緩緩拉起，將大鐵箱拉離地面。

猜中了，紅光倏然熄滅，槍口垂下，惱人細碎聲消失在耳道之中，但他仍然站定在原處，我小心翼翼挪動腳步，下一件要確認的事情，他是不是不讓我離開這裡。

一樣左邊先，向前三分之一步，喀啦，紅外線再度亮起，這次指在膝蓋上方十公分左右的位置。

退回原來的地方，我倒退著慢慢往反方向的樓梯爬升，劃破玄關漆黑的紅外線才再次關閉。

我在腦中迅速畫了一個表格，統整出目前的狀況跟我知道的答案：

首先，他不會輕易開槍，會先開啟紅外線示警。現階段知道開啟紅外線的條件有兩個，一個是讓裝屍體的大箱離開我的身邊，另一個是揹著箱子離開這裡。因此他不是來殺我的，但可能是我還沒處理掉屍體，所以我還不能殺。

所以屍體是我的保障之一，但屍體會腐爛，要再想辦法。

把問題往前推，問對方話是得不到回應的，但是只要對方動作時會同時聽見細微哨音，無論在吊人樹還是在這裡都一樣，合理懷疑哨音是動作的關鍵，但是，哨音哪裡來的？從箱子嗎？箱子上面有追蹤器，所以他可能只是來回收箱子，但他同時也知道我還沒處理掉屍體，所以追蹤器可能是在屍體身上？

不確定他會不會上樓，保險起見，等等得在樓梯間設些障礙……其他居民也在他的監控範圍內嗎？玄關的天花板角落正好有監視器，這個好解決。

但無論怎麼想，看來暫時離不開這裡了。

＊

爵士樂是早晨良伴，我特別喜歡聽有低沉銅管的那種，搭配鋼琴伴奏，這時早餐如果有外層酥脆的三明治與可以加牛奶的淺焙咖啡就更好了。

要營造出這樣的電影畫面就只能不停地從各處翻找，爵士樂是倒閉唱片行裡挖出來的，音響從回收場找零件花了一個月才組出來，烤箱也是，三明治裡沒有蛋，培根和鮪魚罐頭都是空白地帶僅存超市後巷的過期食品，只有白吐司跟牛奶是買的，拼拼湊湊，勉勉強強維持生活品質。

昨天累了一天，既然沒有立即性的危險，我決定先回房間睡覺，沒想到天還沒全亮就醒了，清早就上頂樓澆水有好也有壞，好是那些覆著土的區塊偶爾可以利用來種菜，補充一下營養，壞的則是跟睡得唏哩嘩啦的章魚共處同時，還得應付前來搶食的樹。

推開頂樓鐵門時，一隻肥厚觸手橫擺在門前，多花了許多力氣才擠過窄門縫，把那礙事的東西推到旁邊，藤絲圍上來迎接，昨天晚上再次上樓後擺在牆邊的鐵箱被打開了，幾絲氣鬚箱子底部蠕動，箱緣乾乾淨淨，我爬過第二跟第三條大觸手，屍體還在，完整無缺，出乎意料的沒什麼臭味。

昨晚用金屬探測器掃描之後，沒發現屍體裡有追蹤器，於是特意裝進箱子測試樹的反應，樹為什麼不碰？照理說它應該來者不拒，但連箱子側邊都沒攀爬上來……可能是箱子的問題，我等等處理，先吃早餐。

抬高雙腿來到另外一側擺著桌椅的地方，拉開表面生鏽的冰箱，門側的燈壞了，冷媒還能運作就好，依序拿出吐司、鮪魚罐頭以及前幾天剛摘起來、擺在透明盒子裡的生菜，吐司先丟烤箱，啊，沒牛奶了，有空的話今天再去一趟超……幹，不對，我根本就沒辦法出門。

上來之前先下去一樓看了看，跨過用釣魚線拉的陽春提示系統，沒有被誰不小心觸碰過，那傢伙還在，整個臉藏在連身斗篷裡，看不清楚到底有沒有戴面具，沒看到周遭有日常生活用品，昨晚在房間透過玄關監視器也沒有看到有交班的跡象，這樣不會累嗎？

我拿起杯子，倒了些咖啡粉進去，冰箱旁的飲水機是從廢棄大樓辦公室搬來的，外觀髒了點，但功能運作全都正常，按開安全解鎖鍵，熱水沖刷，咖啡香頓時瀰漫整個頂樓，樹喜歡這個味道，無數藤蔓緩緩蠕動過來，也想要分一點喝。

「不行，你喝這個會太亢奮。」我喝了一小口，把杯子擺在桌上靠內側的地方，蓋上杯蓋，以防藤蔓輕易喝到，走向樹幹旁，昨晚帶回來的鳥類都不見了，消化得一乾二淨，黑狗屍體仍被莖鬚緊緊包覆，像極了蠶寶寶的繭，只不過是放大數十倍的版本。

有些看起來像魚刺的白色錐狀物卡在樹頭上，還有一些肉屑殘留，每個禮拜會出現幾次，散落在頂樓周遭，有些還會掉進後面的巷子裡，那團臭章魚吃剩的，看在牠不讓其他魚類靠近這棵樹的份上，就不跟牠計較。

雖然保護樹也不是牠在這裡的主要原因……算了，我踮起腳尖把幾根魚刺從枝葉中抽出，丟到一旁的垃圾堆裡，卡在更高處、搆不著的之後再處理，踩著藤蔓空出的地面回到桌邊，好幾條咖啡色細絲圍著馬克杯左搖右晃，將杯蓋推開一個小縫，偷偷摸摸啜飲，真是的，不是說不能喝了嗎？

拉掉那些不太受控的鬚根，打開烤箱，吐司焦得剛剛好，挖了一大匙鮪魚碎肉，擺上生菜前稍微甩掉上頭水珠，完成！先咬兩口。我邊嚼邊走，跨過兩條章魚觸手末端，來到人類屍體面前。

屍體稍稍膨脹了一些，皮膚有些部分轉成暗青色，除了這些以外，和昨夜相比沒有很明顯的變化，可能是體內血被放乾的緣故，是因為這樣所以樹才不吃？但是如果樹不吃，那我還能順利離開這座公寓嗎？

我吃完剩下的三明治，戴上手套和防毒面罩，把屍體抱出箱子，無數鬚根馬上湊了過來，在腳邊左右撓動，看來真的是箱子的問題。我嚇阻樹的動作，把屍體擺在第五區，從旁邊的工具籃拿出把小鋸子，拉起屍體的左手小拇指，最後一個指節血肉模糊，但關節之後還有一小塊肉，我左右扯動，將那塊沒指甲的骨肉給鋸了下來。

測試時間。捏起肉，丟向蓋滿藤蔓的一旁區域。

像是動物園裡的餵食秀，只不過把老虎獅子換成數以千計扭動的蟲絲，肉在空中被左推右擠，鬚根搶成一團，不出幾秒便被包覆成一個小繭狀的囊包。

這樣便能確定是箱子的問題，因為某些原因所以樹無法接近箱子，箱子是章魚打開的，而章魚打開箱子之後也興趣缺缺，牠只吃活物，不吃死屍。

接下來要確認另外兩件事，一個是會不會處理完屍體之後就被滅口，另一個則是黑斗篷是怎麼判定這個大箱子裡面有沒有屍體的。

箱子昨天檢查過了，看起來能撬開轉開扳開的地方無論怎麼破壞都紋風不動，不知道哪個世界來的黑科技，沒關係，同時測試。

工具換用另一把電鋸，膝蓋抵住屍體肋骨位置，從肩關節附近切出一道口子，沒有血沫飛濺，只是畫面難看，道德上可能令人難以接受，不過在空白地帶生存這麼久了，這都只是小菜一盤。東拉西扯，先把整隻左手給鋸下，扔給在一旁虎視眈眈的樹吃，再來是右手臂，抓緊震動不已的電鋸握把，一口氣切了下來，餵掉。腳比較麻煩，髖關節和大腿骨的接縫處花了不少時間，右腳放在頂樓牆外的鐵架上當陷阱，吸引鳥兒來吃，至於左腿另有用處。

剩下來的軀幹和頭部像個破掉的娃娃，物盡其用，老兄，將就點，至少你的身體對這個世界還有一點貢獻。我拿出昨天包黑狗的防水布將屍體上半身緊緊包裹住，先放到……那隻章魚被我給吵醒了，眼神不太友善，我不想再多花力氣爬上爬下，雙手捧起屍身對著牠，避開狼吞虎嚥的樹絲，「吶！幫我拿到門上面的屋頂，放水塔旁邊，別讓樹碰到。」

牠猶豫了一下，接著全身觸手遊動，其中一隻朝我高舉的雙手捲來接過屍體，抬過那顆垂在屋頂旁的大腦袋瓜，在半空中晃來晃去，打定決心好好研究研究的樣子。

「喂喂喂！不要玩了！我還有一堆事情要忙！」我指著剛說的指定位置，但那頭章魚一點也不打算搭理我，算了，如果等一下真的被樹吃掉，也不至於消化得那麼快，再想辦法從樹鬚裡拔出來就好了。

揹起大鐵箱，另隻手抓著被我分割下來的左腿腳踝，踹開擋在行徑路線上的章魚觸手，拉開鐵門，往漆黑洞窟深處移動。

微弱日光從破窗斜斜垂入，軟弱黏滑，遠處不知道誰養的老公雞在唉唉大叫，聲音極為古怪，每個音卻又拉得又長又啞，一點也沒有又是新的一天或事事順利的象徵意涵在裡面。屍體大腿參差不齊的斷面在地上磨擦，我刻意讓腳步聲迴盪在樓梯間，通知黑斗篷我要來了，然後在抵達最後一個轉角前放下那隻大腿，只在肩上掛著鐵箱，出現在那個臭傢伙面前。

無須再多說什麼，對方也不會回應，如果直接放下箱子，紅外線光點會隨之而來，必須退後一步重新開始，我再怎麼神勇也躲不過子彈，因此要找個可以擋子彈的地方躲好……或是距離近到他無法瞄準。

昨晚想出的絕妙計策，違反邏輯常識？這倒不一定。

還沒聽到微弱高音頻，黑斗篷杵在原地毫無反應，我踏穩腳下的每一步階梯，緩緩進到小玄關之中。

最後一階、目測剩五步、剩四步、三步——嗶的一聲機械啟動音，有什麼開始左右運轉，耳朵又聽見那細微的哨音，不能遲疑，我加快前進速度貼上黑斗篷左側，同時抬起鐵箱，正好擺在他將長槍舉起時會通過的空間，牽制住他的行動，計畫成功，接下來就看他怎麼反應。

臉上罩著一片沒有挖洞的黑色硬殼，看不見他的表情，但似乎被我突如其來的逼近嚇著，雖兩腳仍直直插在地上，黑斗篷愣了將近兩秒才有所回應，他的右手臂仍挾著槍，左手舉起接過鐵箱，開始步履堅定的向後退去，我跟著他一起移動，以箱子為掩護，躲在槍口軌跡無法觸及的位置。

入口處門板擺在一旁，我們就這樣一路挪動到門口，像演默劇，等他離開建築物的瞬間，我果斷放手，閃身一跳，塞進鐵門跟牆壁構成的狹窄空間裡，從夾縫往外看，黑斗篷沒有多停留，往對街的巷弄迅速奔跑而去，轉瞬消失在街道陰影之中。

深深吸了一口氣，我從門後慢慢爬出，才忽然發現心臟跳得比平時還快非常多，不過富貴險中求，算是有所斬獲，還得到了兩個結論：屍體無論變成什麼慘烈模樣，對方都不會有意見，再來是黑斗篷能感應到箱子的重量，或是可以透視看見箱子裡面有沒有東西，因此只要把屍體從箱子裡拿出來就沒事了，他的工作很簡單，確保那個高科技箱子是空的，然後回收。

這樣簡單過頭的任務，不會出現問題嗎？

除此之外，黑斗篷身上應該有裝某種會發出聲音的機器來幫助他辨位與做出反應，不然把五官遮去的情況之下，怎麼還能像正常人一般活動自如？這晚一點問賣情報的，現在的我重獲自由之身，先把樓梯間的屍體大腿處理掉，上樓安頓好樹，搶回章魚手中的屍體軀幹，然後出發前往地下。

就這麼辦！

*

聽說很久以前颱風過境剛好碰上大潮，汙水淹過街道，灌進了通往捷運系統的地下道入口，整個空白地帶超過一半區域都被大水給覆蓋了，不過出乎意料的是沒有半個市民因此死去，為當時的市長增添了一項可以拿出來炫耀的政績，團隊臨機應變、高層決策正確、每個職位各司其職、及時補強、行政系統穩固、不拋下任何一個市民之類的。

明明也有過這樣輝荒的時期，到頭來還是連地圖也不願顯示。站在舊捷運站其中一個入口處等待時，我忍不住又感嘆一番，這是每次要找那個賣情報的第一個會遇到的惱人狀態——等待造成的胡思亂想。從來都沒有他找我，只有我找他，每次都這樣。

他沒有固定的名字，怕被仇家追蹤，住的地方也過於錯綜複雜，選定好他家大概三四十個入口處的其中一個之後，接下來就看運氣，如果他在忙，等上一兩個小時都有可能，我拿出手機，才想到我剛剛把網路關掉了，要進他藏身處前的第二個惱人問題——必須在離入口處至少一百公尺以外關閉所有能對外聯繫的機具。

雖然知道他是為了自身安全，但已足以讓要找他的人內心煎熬得不得了，我站在通往地下的三號出口階梯前，原本應該拉下的鐵門不翼而飛，大概被搬去回收換錢了吧我猜，不用特意去看就知道通道裡沒有什麼光源，肯定躲了一堆包括魚群在內的野生生物在裡面，原本將階梯分隔成左右兩邊的鐵欄杆也不見了，剩下兩圈油漬還鐵鏽之類的髒汙牢牢黏在地磚上，歷經風吹雨打還是不為所動。

真有恆心毅力，要是我也能像它們這樣不停等待就好了。太陽才剛探出頭來，我還有等的本錢，稍早餵給樹吃得豪華，捕鳥用的陷阱也設了，今天可以不用急著找太多屍體回去，加上這時間點那個賣情報的應該還沒睡，我甚至多帶了一份親手做的三明治來當禮物，沒理由讓我等上太久。

可惜，大概十五分鐘之後，我就對自己的天真感到失望。

不應該對那傢伙抱持太大期望，漆黑的地下道內先是幾聲碰撞，令人不悅的視覺畫面接續，小轎車車頭大小佔滿三分之二的出口，銀色的鰻緩緩滑出，頭上掛了架像是攝影機的器械，貯在樓梯上，稍微側過頭去與我三目相對。

幹，真的是愈來愈誇張。

我暗自決定等一下不給那個混帳我帶來的三明治了，我對著攝影機比了中指，機械運轉，傳出合成人聲：「等牠離開之後，下樓梯左轉，走到第二個路口處右邊有座電梯，到地下三樓來。」

「牠是指這隻……？」

「別隻在很遠的地方，你後退等一下牠就會閃邊給你過了。」

「牠沒有要游走？」我問，這隻銀鰻離我只有幾步，讓我渾身不對勁。

「沒有。現在應該還沒有。」

「你不能叫牠離開嗎？」

「不能，我的技術沒那麼厲害。你到底要不要進來？」

「……要。」我不情願回道，那傢伙容易不耐煩，而我剛好又有求於他，我等一下一定要當著他的面把三明治吃掉。

深吸口氣，我抬起大腿踩上階梯，死命盯著銀鰻緊貼著我的那一側，他的嘴巴一開一闔，和眼睛後面的魚鰓連動，呈現一種難以言喻的噁心律動，我不確定要不要別過視線，看著牠會渾身不舒服，不看牠又害怕牠突然有什麼過激反應。

雞皮疙瘩從皮膚表層一顆顆突起，掉進後頸的衣領和前臂袖口之中，我打了個冷顫，硬著頭皮爬完樓梯，側身卸下背包提在手上，銀鰻挪出的空隙正好能容納一人通過，即使戴著豬鼻面罩，我還是忍不住憋氣，心臟在胸腔裡狂跳猛跳，繃得左胸肌肉抽痛，還是得往前繼續走，理性告訴我不要懼怕，撐一下就過了，我開始將注意力放在其他無關緊要的地方，例如缺乏電力供應運轉的手扶梯上長滿蕈類，腦中想著「這裡真的適合人住嗎？」這樣的白癡問題。

還是沒辦法避開視覺接收的大面積畫面，銀鰻表皮平滑，像金屬般閃閃發亮，我逼自己貼著扶手移動，盡可能讓自己和那面溜動的牆保持距離，衣服髒了就算了，回去花兩小時清洗總比現在猛吐一番還好得多。

高度持續下降，衣服沒有包裹到的皮膚能感受到溼黏與冰冷，銀鰻沒再出現其他動作，牠的身體長，到了轉彎處仍還沒結束，我迅速往左拐，確認牠的身體是從右前方的第一個叉路口延伸而來，好險是我在第二個路口轉彎。

經過路口後終於能稍微放鬆歇息，我仍然側著身，以防那隻銀鰻有什麼突發動作，腳下地面坑坑疤疤，許多小灘積水等著我的鞋子踩踏，再往前走已經沒什麼光亮了，我打開球型小燈，約莫三十公尺後終於出現第二個十字路口，右轉有道鐵門隔著，被用紅色和綠色的漆分別噴了「Love」和「Dead」兩個斗大藝術字體，電梯在門後面嗎？我走近一些，才注意到電梯其實就在鐵門隔壁，只不過用了塊木板擋著，看起來早就失去功用好幾年了。

故意的吧！我癟了癟嘴，伸手點按一旁的下樓按鈕，幾秒之後才開始閃爍光亮，電梯門無聲開啟，裡頭乾淨得不像話，半身鏡映照出我沾滿黴菌灰塵的身影，我搬開木板進到電梯，再將木板拉回原位，後退，按下B3按鈕。

門安靜關上，呼吸透過豬鼻面罩在窄小的長方體內反覆衝撞，回頭望向鏡面，面罩眼眶的部分透著白色氣霧，隨吐息濃淡變化，像海浪一樣規律卻又不規則，我忽然有些想睡，眨了眨眼，電梯金屬門在鏡中開啟。

門後有一小塊空地，一面鑲著燈源的大牆橫亙，長寬超過三十公尺的巨大人形圖樣，有點像馬賽克拼貼，但每個小小亮點會不定時閃爍，光點左右來回跳躍，排列成穿著連帽外套的帥氣男人，我知道他，上個世代的駭客界偶像之一，名字普通卻強得要命的柏翰。

空間中的主色調仍然灰暗，我沿著牆面走，繞過無數燈管後是上千上百台型制不一的電視電腦螢幕，那個臭傢伙坐在螢幕螺旋中央，寬鬆帽T加上名牌鴨舌帽，雙腳盤在椅墊上，專注盯著其中一個畫面，對我的來訪一點興趣也沒有。

確實啦，我對他來說沒有什麼太大的利用價值，他願意讓我進來大概只基於我們合作久了，以及想要跟我交換空白地帶的地圖這兩個理由，不然光看他有辦法在錯綜複雜的地下生出供應機器的電力網路來，就知道我們兩個的級數截然不同了。

「哈囉，最近改叫什麼名字？」我說。

「有沒有禮貌？這是收屍人的打招呼方式嗎？」

「所以叫什麼？」我聳聳肩，站在離他四五步遠的距離

「阿鵝。」他面無表情地轉過頭來，接著忍不住笑了出來。

「阿鵝？」我也跟著笑了出來，「哪個鵝？」

「就那種鳥啊……你有看過Adventure Time嗎？」

「那什麼？」

「很久以前的老卡通，大概是你成為受精卵以前就已經過氣了的時代。」

「好好說話很難嗎？」我回，但他一點也不在意。

「總之裡面有一個角色叫Ice King，是個為了拯救愛人而變得瘋瘋癲癲的浪漫男人，他養了一大群魔法企鵝，其中一隻企鵝代表是他的最愛，那隻企鵝的中文翻譯就叫做阿鵝。」

「這個卡通……好看嗎？」

「當然好看，推薦給你。」他邊說邊切換其中一個螢幕，跳出張可愛的卡通企鵝滑冰圖。

「我有空再看。」

「這樣說就是不會看。」

「所以你現在叫阿鵝？」太荒謬了，我再次確認。

「對，」他盯著我，眼窩凹陷，似乎許久沒好好睡上一覺了，「有什麼問題嗎？」

「不會太……蠢？」

「那要看你怎麼定義蠢這件事，如果有一個名字能讓潛在客戶印象深刻，同時又跟我現在身

處的環境一點關聯也沒有，經濟實惠又安全，一舉數得。」

「原來如此。」我點了點頭，倒是沒這樣想過。

「知道我上一個假名是什麼嗎？」

「是什麼？」

「Elsa，一樣是古早時代某個人氣卡通的女主角，人稱冰雪女王，酷，而且強，讓整個國家凍結的那種強。」

「誤導別人對你的性別認知也是自保的手段之一嗎？」

「當然，總之，現在請改叫我阿鵝。」

「……好喔。」我環顧四週，想找個地方坐坐，但除了螢幕跟電線，這裡什麼都沒有，「有位置給我坐嗎？」

「有啊，但交換條件，」賣情報的似乎同時忙著監看著什麼，戴著鴨舌帽的頭轉來轉去，「三明治要給我吃。」

「幹，」應該暗罵在心裡的，我不小心脫口而出，算了，雞掰人，「你怎麼知道？」

「我從你走出公寓大門就知道了。」

「喂喂喂！你這樣做不對吧？」

「事情沒有對或不對，只有有效跟無效的差別。」

「也就是說……」我早該想到的。

「對，守在門口那傢伙，跑到某個應該是據點的建築物裡面去了。」

「在哪裡？」

賣情報的意味深長地看了我一眼，似乎不打算回答，自顧自說道：「自從有這些到處亂游的魚出現之後，把攝影機或密錄器裝在牠們身上可以發現很多各式各樣的小祕密，所以呢，看，只要稍微切換一下畫面，就能大概知道哪個區域發生了什麼事情。」

他伸手指了右上方其中一角，兩三個原本冒著黑白雜訊的電視畫面轉成第一人稱視角，但移動方式一點也不似人類，中間那台螢幕畫面甚至是對著陰暗巷子口深處，遲遲沒有動作，像被按了暫停鍵一般。

「所以……」

「缺點是我無法精確的控制那些魚，有時候鏡頭壞了我也沒辦法百分之百收回來維修……你知道我在說什麼吧？」

「知道，」我回道，「那你要說什麼？」

「我要說的是，因為這個緣故，你手邊空白地帶的紀錄對我來說價值可能就比較沒有那麼高了，所以需要用其他東西來交換。」

真不妙。

「例如什麼東西？」

「至高點，還有生物鏈頂點。」他雙手插在後腦，裝有滑輪的椅子向後一滑，身體終於轉正過來，帽簷下臉龐笑容滿是自信，「你家的章魚，稍微動個小手術就好，保證沒有後遺症。」

＊

得到了地圖、空照圖以及建築內部結構圖，說實在的，我不知道是不是真的如那傢伙所說，裝攝影器材沒有後遺症，有時候他的話得打些折扣，但那隻臭章魚會不會安份讓他裝設，又是另外一回事。

光有這些還不夠，得再找齊人手幫忙，一口氣消滅黑斗篷……？

但是拔除他們對我有好處嗎？如果擺著不管，一定會有第二次、第三次強迫處理屍體的情況，處理到空白區域外面重要人物或政客的屍體倒還好，本來就對都市的人沒什麼好感，但用這種逼迫的方式實在有夠讓人困擾的，我還得照顧那棵整天餓肚子的樹，都開花準備結果了，要吃更多好料的補充營養，結果現在來搞這一齣。

白白跟妮娜的組織那邊會有意見嗎？我和他們的關係算是外包、雇傭制，如果在不影響他們的前提下，或許……不行，如果讓組織也牽扯進去，最後搞不好會變成他們主導，我只能照做，反而什麼決定都不能做，不能跟他們討救兵，找其他收屍人幫忙也不太可靠，只能先試探試探狗王的意願。

不，不僅是試探，必須要讓狗王願意幫忙，如果帶點禮物給他說不定會更好談事情，但是要帶什麼……我想起公園裡那隻小黑狗，時間還早，去公園一趟看看，出門前整理背包時順手抓了一把肉條，希望牠還是一樣有精神，不要被那些笨魚給吃了。

腳下曾是平整柏油的路仍然崎嶇，小黑住的公園離這裡有一段距離，從中山路過去好了，走到底再過幾個街區就到了，說不定還能遇到克達，那個一樣跟我受僱撿屍體的油頭男，交換一下情報，看黑斗篷們有沒有找上他。

穿過噴滿塗鴉的天橋橋墩，上樓梯經過二樓窄巷，兩側全是破窗，窗框塞滿垃圾瓶罐，中山路就在前方，狼藉佔據視覺畫面，不出所料，分隔島上方的植物像森林般恣意生長，除了半空中的大小魚類，有些像鹿一般輕靈跳躍的生物們在林間漫遊，以犄角繁茂如花開的公鹿為首，慢悠悠啃著地磚縫隙裡的雜草，我緩步下樓，另一端是幾隻尖鼻長吻，黑灰斑雜，同樣輕踩步伐，但多了一分謹慎。

空氣中飄著一層狩獵前的薄薄警戒，這時機點不能隨意打擾，我撿了塊曾是路柱的地方坐下，看著狗群豎起耳朵排列好隊形，兩前三後，前方成一列縱隊，後方則擴大包圍網，很聰明的戰術，牠們頸上的深綠項圈在日頭下透著亮光，肩胛編號顯眼，從十二到五十七都有，資深領導新進，方法很棒，只是不知道狗群彼此之間會不會勾心鬥角？

每種看似理想的方式，不知為何套在人類社會裡就會慢慢崩解變調，總和其他動物不一樣，雖然也有聽說過羊群會跟隨首領一起跳下懸崖的案例，但這不也是其他動物們齊心協力的象徵嗎？全心全意的信任首領，或是全心全意地完成共同目的，就像現在的狗群一樣。

沒有多餘動作與故作姿態，為首的兩隻大狗率先出擊，十二跟四十八，一樣是資深的帶資淺的，牠們四肢從交錯轉為頻率一致，健壯身軀騰空飛起，一左一右朝不遠處的公鹿奔去，打算正面對決。

鹿群慢了一步，抬起頭轉身就跑，反方向四處逃竄，牠們逃離時的跑跳速度明顯比犬隻們還快，彼此距離約莫還有六七十公尺以上，看來狗群這次……不，這倒說不定，跟在公鹿身旁有幾隻看起來年紀尚輕的小鹿，他們跟不上成年鹿群的腳步，落在隊伍最後方，可速度仍是快過全力奔馳的兩隻黑狗，黑狗們下次得調整方針，正面對決可能不是什麼好辦法。

正當我這麼想的時候，一開始在後方的另外三條大狗不知何時已從兩側繞近，全力收緊包圍範圍，小鹿愣了一下，想從網裡的最後一個出口鑽出，但遲疑的瞬間已成定局，長吻利齒嵌進細頸，還未成熟的四肢胡亂踢動，不出幾秒便落進死亡的懷抱之中。

看到幼兒死亡應該要心生憐憫的思維大概也是人類文明帶來的病態症狀，肉弱強食，物競天擇，如此一來能順利長大的才會是菁英中的菁英，不過把這些套用在自己身上，卻還是有點不舒服，嚴格說起來，目前還活在空白地帶的人們都算是僥倖逃過天擇的人吧？

我起身拍拍屁股，往狗群圍繞之處走去，鹿群沿著天橋逃到三樓高的地方遠遠遙望，我感覺不出牠們除了生與死以外的情感，也許牠們會漸漸變成那些白癡魚類，那些我抗拒排斥的存在。

狗群的耳朵在我還未真正靠近時便紛紛豎起，染著鮮血的吻部上方閃爍警戒，我雙手舉在胸前，掌心對外，表示我沒有惡意，「嘿，你們可以轉告你們老大嗎？就是狗王，跟他說荒跟他約在吊人樹，幫他處理屍體的荒，下午兩點，約在吊人樹，有重要的事情要討論，跟你們死去的同伴有關。」

似乎能聽懂我說的話，十二號的耳朵慢慢垂下，肌肉不再緊繃，低下頭去繼續啃蝕新鮮鹿肉，其他犬隻也是，不再理睬找牠們搭話的奇怪人類，迅速分食屍塊。

傳達完訊息，我轉身背對狗群，沿著中山路往下走，一群群小魚又冒了出來，每次都這樣，似乎特別會感知危險……欸啊，之前怎麼都沒想到，只要看魚群怎麼反應，就能知道是否會有狀況發生了啊！

我在心裡默默想了好幾遍，好讓自己能更加記得這件事，然後穿過幾段根本稱不上是路的地段，繞過半塌廢墟建築，和停車場中央帳棚裡的居民點頭打招呼，在腳踏車道終止的地方跨過露出地表的粗壯樹根，雖然是在油頭男的地盤上，但我還是撿了兩隻歪斜電線桿下的麻雀，不知是凍死還是電死，牠們身上裹著一層灰，看起來也是受過許多苦難。

一路上沒再遇到其他突發狀況，也沒碰見油頭男，我繞過最後一個街角，小公園門口……巨大魚頭像台卡車突出在入口處，我不確定是不是上次那隻鯽魚，小黑該不會被它給吃了吧？

雖然百般不願意，我強忍肚子裡翻騰的噁心，嘗試朝那隻鯽魚靠近，身上沒有什麼防身武器，如果把肉乾丟出去，魚會去撿來吃嗎？或是有什麼聲東擊西的方法……算了算了，先別衝動，還是環繞周圍一圈看看有什麼破口可以進去好了。

矮仙丹討人厭的地方就是它介於堅固與脆弱之間，樹枝和枯葉構成的空間明明充滿縫隙，卻又堅硬得足以勾破衣服褲子，我抽出背包側邊的鐵剪，邊走邊摸摸看看，想選塊稍微稀疏一點的地方自己開個洞鑽進去。

往反方向探索，靠近轉角處有塊樹叢比較低矮，我移動到那塊樹叢的正前方，該從哪裡下手比較好？嗯？

一道黑影從遠處遊戲器材的溜滑梯下竄出，往我的方向直直衝來，小黑！太好了，還沒被那隻笨魚給吞掉，牠看起來既高興又有精神，尾巴揮動頻率幾乎快把牠帶離地面，「嘿！小黑！」我叫著牠的名字，看牠在石牆前急煞，左右繞圈跑動。

轉過頭，那頭大笨魚似乎注意到我們這裡的騷動，頭部稍稍往這個方向傾斜，我蹲下身，鐵剪朝樹叢底部攪動探進，開個洞直接讓小黑從這裡離開，就不用大費周章跟鯽魚硬碰硬。

喀擦喀擦，失去基座的長樹枝紛紛傾倒，被我拉到身後扔掉，小狗的注意力容易分散，怕牠等等又跑不見，我加快速度，邊嘟嘴發出「啾啾啾啾」的聲響吸引牠的目光，左挖右掘，終於開出一個足以讓牠通過的小洞。

「來，小黑，上來！」

先是不斷嗅聞的溼潤鼻子，再來兩顆眼珠圓滾滾，耳朵一隻尖指一隻低垂，小黑兩隻小掌攀在石牆上，身體左右掙扎著想爬進洞裡，我收起剪刀，一手輕拍泥土，「來，小黑，跳上來！」

不負所望，小黑很快便將整個身體塞進洞裡，前肢撥啊撥的像頭髒兮兮小海豹，我後退拉開背包拉鍊，裡面有一堆肉乾可以餵——

陣陣冰冷自後擺的手肘傳來，黏膩而真實，我嚇得從破碎地面彈起，那隻鯽魚的嘴一開一闔，在離我不到半步的距離吐出泡泡，有那麼一瞬間，豬鼻眼框蒸氣充溢，我的眼前一片霧白，手中肉乾灑了滿地，幹，幹，幹，幹你娘，有什麼……剪刀可以嗎？剪刀打得贏嗎？

汪汪、汪汪汪、汪汪汪汪——

猛吠逼使鯽魚倒退了一些，擠出通道的小黑擋在我們之間，但牠馬上被肉條吸引，開始對著包裝紙袋亂咬一通，我的腦中忽然冒出了網路影片中那幾個白目被螃蟹夾斷手的畫面，身體反應迅速，雙手抱起小黑，倒退數步之後轉身就跑。

地上的肉條就先別管了，即便不確定那條魚會不會主動攻擊，我還是用力抬起雙腿，想盡辦法趕緊離開令人作噁的白痴生物，懷中溫暖的小毛球仍忙著嚼爛塑膠外裝，呆得讓人哭笑不得，住在這種地方，怎麼會一點危機意識也沒有？我跑上天橋，轉彎，這次不走廣場，先找個地方避難，再赴狗王的約。

就這樣一路跑動，那隻笨魚不知道發什麼神經游在我們身後，跟著我們繞了三四個街區才罷休，我有點喘，汗水從皮膚毛細孔冒出來，沿著脊椎自肩頸滑至腰間褲頭，那小狗也不吵不鬧，大口嚼著我途中騰出手幫牠拆開的肉條，直到我們抵達暫時躲藏的廢棄透天四樓頂樓。

有人生活在這裡的痕跡，生鏽鐵桶還發著熱，靠牆帆布遮頂裡的小桌上擺著喝了一半的咖啡和一些餐具，但不見人影，稍微借用一下場地應該不會怎樣吧？我在離私人物品較遠的地方放下小狗，席地而坐，掏出後背包裡的剩餘肉條。

五、六、七、八、九……還有十二條，小黑的肚子沒辦法塞那麼多，我拆開其中一條封膜，那團黑不溜丟的小傢伙馬上從別人的帆布遮頂下抬頭，掐掐掐跑來我的面前，左眼處的淺色棕毛似乎更加明顯了，牠端正坐好，長大肯定是隻帥狗。

「午餐時間，等一下好好休息，我們要去找你的老大聊個天。」我伸手摸摸牠的頭，牠似懂非懂，開始啃起我手套裡的拇指跟食指。

太好了，就剩最後一步。

*

順手用手邊零件做了個項圈，牛仔布加不銹鋼扣環，雖然之後狗王會再幫牠訂製一個綠色的，不過親手交給狗王之前，難保不會發生其他插曲。

頂樓的主人一直沒有回來，這樣也好，我抱起小黑下樓，牠掙扎著想要自己下地跑跳，抓不太住牠扭來扭去的身體，只好緊緊拉著用電線做的牽繩，想辦法讓牠跟我一起往吊人樹的方向移動。

吊人樹離這裡沒有很遠，但小黑對什麼都感興趣，東聞聞西嗅嗅，有柱子的地方就要做點記號，我們多花了一點時間才來到吊人樹後方建築，狗王似乎還沒抵達，沒有看到其他犬隻蹤影，決定先走進巷子，踩在藤蔓密布的路面之上。

空氣中有股怪味，我拉著小黑一步一步進到吊人樹旁，樹上什麼都沒有，探索欲強烈的小黑卻忽然停下腳步，扭頭過來發出嗚嗚撒嬌聲。

「怎麼了？有什麼東西嗎？」

我繼續慢慢前進，撥開橫在臉部高度的枝條。

幹你娘。

左腳鞋子掉了，褲子與上衣完整但沾滿了半乾的紅色液體，咖啡與暗紅交錯，再往上的金色頭髮亂糟糟，右耳上半邊區塊剃得精光，面罩右半側脫落掛在胸前，眼球不見了，兩道血痕將蒼白臉龐分割成三個區塊，眉骨上的兩顆假鑽在太陽下閃閃發光，照在優游的小魚們細小鱗片上。

那女人就這樣被吊在樹上，名符其實的吊人樹。

而且是我認得的人，真的有夠衰，整天遇到這種幹你老母垃圾事。

繁虹。

死亡在這裡是常態，我和這女人也只有一面之緣，但出乎意料的視覺衝擊還是讓人胃部緊縮翻騰，到底是哪個該死的……入口處探出兩隻大黑狗，輕快靠近我們，似乎忘了身處命案現場，小黑興奮地站了起來對著牠們猛搖尾巴，狗王來了，但這種情況下要怎麼談合作？

彎下身解開小黑頸上牽繩，放他去和那些大狗們打招呼，我則往反方向移動，站到繁虹屍身正前方，和那隻編號036的狗一樣，眼珠都消失不見了，可能是空白地帶裡的野鳥幹的，也可能是兇手的特殊癖好，或是警告。

警告其他人要好好聽他的話。刺耳的合成人聲迴盪在腦內，跟黑斗篷脫不了關係，我下意識這樣想，雖然沒有證據，但證據只適用於法院，法院是文明的產物，在這裡可一點都沾不上邊，不管兇手是不是黑斗篷，都必須把他們除掉。

更多的狗來了，必須保持鎮定，別做出有失專業的舉動。

窸窸窣窣，指掌和硬鞋底踩在籐葉的聲響不絕，擋在肩頸高度以上的枝條一層層被撥開，狗王肥碩的身體終於在群狗們簇擁下塞進巷中，他先瞥了眼瘋狂打轉的小黑，再抬頭盯著緊虹無力下垂的屍體，「這是什麼情況？」

沒有馬上回答，我們並肩站著，就像在美術館裡欣賞荒謬至極的藝術品，對看了彼此一眼，他「嗯。」了一聲，低下頭閉眼默哀，這是某種無法明說的默契，前幾天還活蹦亂跳的傢伙現在卻變成這種模樣，無論是誰都必須給予一些對死者的尊重。

不確定過了多久，我才終於開口回應：「我不知道是誰幹的，我前幾天才剛跟她遇到一群穿黑斗篷的奇怪組織。」

「跟她？黑斗篷？」

「嗯，」狗群們呈現四處探索的放鬆狀態，周遭應該沒有其他的人，「我猜是都市那邊來的，總之，我們都被威脅了，必須幫他們處理屍體。」

「還有我的狗……」

「對，我在想可能是他們做的。」雖然只是推測，但我斬釘截鐵。

「目前有什麼線索？」他吸了口氣。

我知道狗王在問些什麼，從背包掏出阿鵝給我的地圖、空照圖和建築內部結構圖，「知道位置了，我需要幫忙。」

「這不像收屍人會說的話。」

「我知道。」我聳聳肩，作為城市的最底層的分解者，會得到這樣的質疑也是無可厚非。

「什麼時候出發？」

「等我勘查完地形，再通知你？」

「好，」狗王低沉嗓音中帶有痰液滾動的聲響，粗氣從鼻孔噴出，「我派幾隻狗跟著你？」

「好啊，要餵牠們吃什麼？」

「有肉最好，擺個盆子給他們喝水，其他的他們會自己搞定。」

「嗯，那麼那隻小狗……」看向跟狗群打成一片的小黑，他一下子左右跳來跳去，一下子又渾身打直動也不動，時不時轉向我和狗王這裡，咧開嘴嘿嘿喘氣。

「還太小，等大一點再帶來給我。」

「欸？」

「嗯，先這樣，他還跟不上其他大狗的行動，九號、五十七號，你們待在這個人旁邊。」下達指令，狗王往來時的方向踏出步伐，「我還有別的事要做，之後要通知我，跟這兩隻說一聲就好了。」

「呃，好……」

眾狗如潮水般退出吊人樹周遭建物圍成的空間，小黑蹦蹦跳跳跟上，隨即被大狗們推回原處，翻倒在地，九號和五十七號則一遠一近端正坐著，挺起的胸膛肌肉線條分明，毛色烏黑亮麗。

不知道為什麼，雖然事情談成了，壓力反而比之前更加沉重，繁虹仍掛在那兒，染血結塊的金色髮絲隨著微風晃動，不會讓妳的犧牲白費的，我悄悄對著她的屍體說道，同時卸下背包後方防水布，盡量不去細想心中緩緩升起、不太合邏輯的革命情感，必須以工作為主，這些都先放一邊。

願接下來的行動一切順利。

第二章　破土

一樓門口的大拖車不知道是誰的，樓頂的顏色和平常不同，但被那隻臭章魚遮去大半，看不清楚發生了什麼事。

樓梯間音樂聲吵雜，循環出現的重拍節奏敲在耳膜上，搭配時不時磨刮周遭水泥牆顆粒電音，唱歌的人帶著哭腔半唸半唱著什麼，我皺眉集中注意，想要聽得更清楚一些。

……Monster, monster. Save me,
someone I'm crazy or maybe something is saying my days are numbered like babies.
I stay in slumber let's face it. I spend my summers in basements.
I fucking love when you hate me.
I never want you to take me from my monster, monster.
Someone call a doctor, a doctor……

唱歌的人忽然激動起來，我有些受不了，抬起稍嫌痠痛的肩頸，頂樓鐵門沒關，光線穿過階梯迴旋，破碎落在同樣稀巴爛的水泥地上，平時這段垂直上升總是闃暗，不告而至的訪客倒是用我的音響用得很高興，我一步一步慢慢踩穩步伐往上爬，背包掛胸前，身後則綁著繁虹無力擺盪的屍體，她的手指時不時勾到背包背帶，得多花心思拉開，沒關係，最後的這段路程死者為大。

九號擔負起大狗的社會責任，嘴咬手工牽繩，將左右來回嗅聞亂跑的小黑拉回到我們該走的路徑上，而五十七號整路沒有放鬆過，雙耳尖尖豎起，時前時後跟在腳步沉重的我周圍。

狗王不知道是怎麼訓練的，希望小黑之後也能變成如此穩重的夥伴。

一人三狗腳步聲迴盪，繞了又繞，離開室內的鐵門半開，有股莫名療癒的氣味和著微光自門縫射入，穿過面罩濾嘴，充塞在鼻腔裡頭，是樹的花香？如果是這樣的話，那待在頂樓的是……

小黑還是一樣傻呼呼，甩著舌頭「嘿嘿嘿」的喘氣，兩隻大狗沒有險露明顯敵意，應該不是敵人，我能看到門後章魚觸手緩緩蠕動，以及一個瘦長人影立在那兒，左搖右晃，真的是吼，竟然選這種時間來，而且現在是把這裡當自己家嗎？

塞過門縫，公寓頂樓熱鬧非凡，先進到視線中的搶眼女人抱著顆頭顱跳啊跳的，她的熱褲短過頭了，像是牛仔外套下毫無遮掩一般，黑長靴左踢右踢，和無數撓動藤蔓玩耍嬉鬧在一塊，到底是什麼狀況？我立在兩道粗壯章魚處手後，打算開口制止，這時眼角餘光才注意到老冰箱旁身著白色薄襯衫的瘦小男孩，或許比外表還長幾歲，但他過於削瘦的身子有些佝僂，就像體內的靈魂被挖走了一部分似的。

「……嗨，荒先生，抱歉打擾了。」

白白還是一樣彬彬有禮，但另外一個就──「白白啊……喂！妮娜！妳是不是沒有被我揍過？」

「咦？」迅速扭過頭來，妮娜的面罩似乎沒有戴好，看起來有點廉價的金色髮絲紛亂，雙手將屍體的腦袋瓜高舉過頭，「沒有！」

「妳……咦？」

同時接收太多資訊，我的大腦有些過載，視線來回對焦多花了一兩秒，才真正意識到樹上開滿了花，像裝在桶內的紅色顏料潑上一整面粗糙表皮的牆，又溼又黏，從我這個距離無法仔細看清楚每一朵花，顧不得仍在亂鬧一通的妮娜，伸腳將章魚的肥觸手擠開，覆滿綠色藤蔓的地面隨腳掌推移散開聚攏，那花開得張狂，如果從另一個方向望過來，大概兩公里外的居民都能看見，我越靠近，花香便越加強烈，豬鼻面罩一點狗屁作用也沒有，乾脆伸手解開面罩橡膠帶子，但繁虹貼在我後頸上，搆了好幾次都拆不下來，反而抹了她的臉頰好幾下。

「……荒先生，需要幫忙嗎？」

白白湊了上來，試圖解決我的困窘，但他又不敢有什麼太直接的動作，扭扭捏捏，一點兒忙也幫不上，我自己東拉西扯了一番，將綁在腰際與肩膀上的繩索解開，背後屍體噗的一聲摔在地上，像個失去控制的斷線木偶。

終於拔開面罩，花香猛然揍了過來，濃郁而兇猛的灌滿鼻腔，濃稠過度，深入肺部的每一個小泡泡，即便味道不臭，我還是乾嘔出聲，回過頭看，那幾隻狗反而一點也不受影響，在頂樓四處嗅聞探索，真奇怪，是我反應過大嗎？

暫且顧不了那麼多，我迎向溢出視線範圍之外的豔紅花群，嗲嗲鼻子，枝椏也圍了過來，不確定是不是瞬間嗅覺疲勞的緣故，如此近的距離反倒沒有一開始那樣讓人不舒服，我手掌朝上，讓其中一朵紅花輕擺掌心，那花並不大，特長的花柱垂在花瓣之外，花絲圍繞周遭，柱頭最頂端的顏色稍稍淡了一些，落下許多細微粉末。

既然開花了，表示接下來會開始結果……但是，這花會自己授粉嗎？

「白白？」

「是。」

花群從我身邊退開，我轉向緊張站在一旁的白白，他的腳邊纏滿藤蔓，撓得他左閃右閃，連樹也要欺負他，他到底是怎麼在組織裡面存活的？

「白白，這棵樹是自花授粉……等一下，那個是什麼？」

擺在舊冰箱旁邊，一桶我沒見過的深藍色大桶上連接樹根，樹根時而鼓起時而消瘦，像幫浦一般不停抽取桶裡的內容物，根上同樣染了點點紅漬與些許肉末，我大概能猜出那是什麼，由組織提供、不方便明說的東西。

「荒先生……你知道有些事情……」

「好，沒關係，是幫樹補充營養嗎？」

「對，還有另外五桶我們讓章魚擺在屋頂上面，吃完可以替換。」

「嗯嗯，」如果這些營養液有滿滿的六桶，那這個禮拜或許就不用辛苦一整天到處找屍體了，「這個階段有必要好好補充營養。」

「那麼按照荒先生您的推估，何時會結出可以用的果實？」

「嗯……一次吃這麼多，大概這幾天就能結果，至於能不能用我也不確定，你們要怎麼驗收？」

「驗收的部分，我們希望……」

「喂！荒！」妮娜打斷白白，她手裡的死人頭不知道跑去哪了，整個人蹲在地上研究繁虹屍身，一手抱著昏昏欲睡的小黑，另一手亂摸一通，「這個也是要餵的嗎？」

「對。」我回。

那兩隻大狗事不關己的坐在頂樓另一側，我都快搞不清楚牠們的功用了，是認定妮娜和白白不是威脅之後，就都無所謂了嗎？

「這個可以借我用嗎？」

「……妳要做什麼？」我對妮娜這傢伙不太放心，她瘋起來連幾十層樓高的辦公大廈都敢炸。

「任務！任務！」

「真的嗎？我不太信任妳的說。」

「我那麼棒欸！」

「這是兩回事。」

「那我跟你交換條件，」妮娜邊說邊改換姿勢，一屁股坐下，「白白，你當見證人。」

「我……妳不能每次都……」白白支支吾吾，到底為什麼組織要把這兩個人擺在一起行動！

「好啦你就當見證人。」朝白白的方向擺了擺手，妮娜正眼對我，四目交接，「我們每天提供六桶肥料，直到果實能用為止。」

「你們還沒跟我說要怎麼驗收。」

「驗收方式很簡單啊！你不也準備要幹些大事了？」

「啊……」果然在這個地方沒有什麼祕密，連妮娜都知道了，那接下來可能不只會有一些麻煩，死得不明不白都有可能。

「再多送你一些東西好了，我們可以幫忙保護這棵樹。」

「只有樹的部分？」我問。

「對，雖然你死了我們業務量會增加，但是這棵樹應該不會因為你死了就跟著殉情吧？」

「應該不至於。」我聳聳肩，會動跟有沒有感情兩者沒有互相牴觸，或許我死了，樹也會拿我當作食糧，物盡其用，原始本能的愛的表現。

「好，就這樣！」妮娜從地板跳了起來，小黑還是睡眼惺忪，搞不清楚發生什麼事，「來，打勾勾。」

「一定要勾到？」我看著妮娜伸出來的小指，細白得不像生活在空白地帶的居民。

「當然，這可是約定的證明。」

「好吧。」我走向前，朝著瘋女人伸出右手小指。

打勾勾，蓋印章。

*

接下來幾天的空氣似乎都會不錯，都市那邊不知道怎麼了，這幾天看過去都是一片清澈祥和，公寓周遭的魚群數量似乎也稍微少了一些，正好，可以安心脫下豬鼻面罩。

不用到處尋找餵養樹的食物，時間忽然多了出來，我一時不知道該做些什麼，可生理時鐘卻又逼著身體準時起床，準時著裝完畢，順便帶小黑到附近走走晃晃。白白說他們會負責看好那棵樹，我則多帶了一把刀，以備不時之需。

說實在的那把刀也不是什麼專門防身的武器，廣場上買來的生魚片刀，大概二十公分長，看起來嚇人，但我還沒有機會真正對人使用過，處理屍體跟將活物變成屍體，完完全全是不同的兩件事吧！

繞過公寓附近的破爛電影院一樓，小黑對街區裂縫一般彎曲切割開來的灰黑小巷興致勃勃，我們一邊東嗅西嗅，緩步踏進巷中。或許是我的錯覺，空氣中似乎飄散著燃燒某種香料的淡淡氣味，太久沒有直接呼吸空白地帶的空氣了嗎？

左彎右拐，小巷盡頭是座生鏽鐵梯，向上遞升的階梯在一樓半的高度轉進左側建築物，大概是從劇院旁挖了個能進入的通道，我輕輕扯了兩下小黑的拉繩，上樓後我猜是那些新興教派的聚集地，不想跟他們多瓜葛，加上這幾天樹在開花，可能會有覬覦那棵樹的人藉機以公寓周邊為據點也不一定。

不過小黑似乎不這麼想，拱起肩脊扯緊簽繩，不上樓不善罷甘休。

「小黑，」我低下頭輕聲呼喚，「走囉，小黑。」

我知道他有聽到，故意充耳不聞的招式最近越來越頻繁出現，臭小狗，過太爽了是不是？

「第一次來嗎？」

什麼？我和小黑同時抬頭，小黑的喉間低鳴震動，被我倒退時的動作扯得前腳抬起，蹭回了我的腳邊，但雙耳高高豎起，呈一個不常出現的警戒狀態。

是女孩子，還有魚。雖然是先看見黑色連帽長外套罩著頭頂，才看見她身後湧出之後靜止不動的魚群，最大的一隻顏色豔紅，鱗片在恰好在跌進小巷裡的陽光下閃閃發亮，它側身佇在女子身後，露出半顆汽車輪胎大的眼珠，其他品種各異的大小魚類同樣懸浮在那，從腳踝到後腦勺，數十到上百隻魚眼珠朝著我們，像砲彈槍管，雞皮疙瘩爬滿後頸。

但在那麼多隻眼球的中央，那女人卻戴著某種奇特的機械眼罩矇住了鼻子以上部位，眼罩中央是個重疊的十字圖樣，配色和那尾大魚一樣紅黑穿插，除此之外，全黑衣裙下胸口前的銀製墜飾格外刺眼，橢圓外框裡是雙手合十的聖母塑像。

不太妙，雖然我感覺不到危險氣息，但眼前種種元素都是我不喜歡的東西排列組合，小腿肚旁的小黑仍然咧著牙，我稍稍彎腰輕拍牠的後頸，但目光不敢移開面前的荒謬景象，真的噁心，不管哪個層面都是。

倏然蹲下，女子突然其來的舉動嚇得我們又退了半步，但她伸出戴著兩個大銀戒的右手架在張開的雙腿之間，指尖朝上勾了兩下，「不要怕，乖乖。」

我不確定她是對我說還是小黑，這個時候不能退縮，至少得確認她是誰，再評估對正在開花的樹有沒有威脅。

「妳是……？」

「你不是要參加聚會的新人嗎？」看不見她的雙眼，但露出了幾顆上排牙齒，臉部表情明顯訝異。

「什麼聚會？」

「嗯？你什麼都不知道就跑來這裡嗎？沒關係，離聚會開始還有一點點時間，我可以稍微解釋一下給你聽。」

「……好。」我一時不知該如何拒絕。

「基本上就是……以虔心相信作為前提，讓聖母的愛穿透你我，進而抵達另一個境界。」

「什麼？」她到底在說些什麼？

「你會怕這些魚對吧？」

「……」

「這有點像是寵物溝通的課程，你有照顧狗狗，應該常常會覺得他們一直做那些莫名其妙的白癡事，就實際層面來說，我們就是教你怎麼面對寵物的各種情況，隨時保持好心態。」說著說著，她乾脆盤腿而坐，但那群討人厭的魚還是保持原狀，浮游在半空之中。

「所以……不是宗教的集會？」

「……宗教嗎，確實有宗教的成分，但是不是百分之百的，你知道我在說什麼吧？很多宗教是要你全然奉獻給神的，我們不是這套。有點像是……宗教為輔，照顧寵物為主的概念。」她邊說邊伸出手指繞啊繞的，和身邊其中幾隻小魚玩了起來，我不是很懂她在說些什麼，聽起來像是某種話術，試圖淡化背後的宗教成分。

「所以就是，跟養寵物有關的？」我又確認了一次。

「對，大概是這樣。」

「嗯。」

「那要一起嗎？」

「呃……」我肯定一臉遲疑，怎麼想都很奇怪吧？換作是別人也會覺得很奇怪吧？

「不強迫，不過你看。」她舉起的食指轉啊轉的，以食指為中心繞圈的兩隻小魚更迅速游動起來，越游越快，越游越快，就像個銀亮的圈套在指節上。接著，我彷彿聽見「啵」的一聲，銀圈消失在我們眼前。

小黑應該也有看到那個瞬間，發出「嗯？」的疑惑聲響，盤腿坐在台階最頂的女人笑了出來，眼罩中央的十字紅燈閃爍，她繼續轉動的手指放慢，取而代之是兩條灑了亮粉的銀色短繩，和那些醜魚一點也沾不上邊。

「這是……魔術？」我不確定我沉默了多久。

「不是，這是聖母的力量，也是照顧寵物的其中一環，怎麼樣，有沒有興趣？」她說。

她剛剛把魚變成了其他東西，如果我學起來，是不是也可以把路邊遇到的那些笨魚全部變成繩子啊輪胎之類的？我忽然有點想要參加，但是……小黑的尾巴搖啊搖的，可耳朵還沒有完全放下來，不行，現階段還是先以樹的安危為重，其他私人外務之後再慢慢處理。

「那個……我想，之後？」

「好，那這個給你，我等你來。」女子另隻手挪出外套遮蓋，同樣掛了兩個大銀戒指，拋出一顆亮晶晶的東西，我瞇起眼睛跟著軌跡，接在手掌裡，金屬觸感冰冰涼涼，雙手抱胸的聖母外型小墜子。

「這個要給我？」

「對，」一雙腳依序伸直，女子從鐵板地面跳起，手中的細繩不知何時又變回兩尾小魚，游回魚群之中，「這你帶在身上，之後有時間的話，可以直接來找我就好了。」

和她身上戴的造型似乎有點不太一樣，我沒有細看，再次抬頭，她已經閃身去回建築物中，剩下動作較慢的十多隻胖魚慢悠悠的游，像被扯著繩子，全都朝同一方向移動。

小黑這時才放鬆肌肉，又開始東聞聞西嗅嗅，我牽著牠往外走，沒有餘裕處理其他事情了，空白地帶什麼團體都有，還是先離開為上。

＊

有得必有失，那棵笨樹肯定被帶壞了，剛剛竟然趁我不注意時偷偷伸出藤蔓轉動桌上的音響旋鈕，爵士樂變成了不知所云的奇怪饒舌樂，I'm in love with Coco到底是什麼鬼東西？

妮娜躺在旁邊的沙發上邊看漫畫邊大笑，白白則是認真讀著一本又厚又硬的磚頭書，他們等著回收桶子，這一個多禮拜不用擔心食物短缺的問題，每天早上妮娜和白白都會拉著那台滿載食物的拖車，從街口處框啷框啷來到公寓門口，六大桶通通吃完約莫需要一整個上午，他們乾脆搬來一張可以塞上三個人的舊沙發，一人一個空位，中間留給小黑。

小黑長大的速度飛快，雖然不及九號和五十七號那兩隻大狗精壯，但側腰及四肢的肌肉線條愈來愈有樣子，再過不久應該就能跟其他有編號的狗們一樣表現出色。反倒是那個銀墜，摸了好幾天也不知道用途，該不會裡面裝了發信器？可看起來又不太像。

我泡好三杯咖啡，兩杯擺在托盤上，橫跨藤蔓與章魚觸手交錯的中央場域，端給沙發上的兩人，白白將書放在膝上，畢恭畢敬雙手接下，妮娜則繼續看著漫畫，頭抬也不抬，「幫我放在桌上就好了，感恩。」

「妳這樣最好拿得到。」我說，順手搓了幾下小黑油亮的背部毛皮，牠趴著昂起頭，鼻尖蹭了蹭我的手指。

「應該要在這裡擺一的小茶几，比較方便。」

「妳現在是把這裡當自己家嗎？」

「這裡比我家還舒服。」

「……好。」

不打算和妮娜繼續爭辯下去，不只供給樹的肥料，組織也免費提供這幾天的日常所需，冰箱裡塞滿食物，甚至連酒水都有，拿人手短，我也不方便理直氣壯、據理力爭。

回到大桌旁，打了一下想偷喝咖啡的樹藤，我這時才發現事情不太對勁，這台音響什麼時候有廣播功能了？算了算了，很多事情還是不要細究比較好，省得麻煩。吐司機裡的吐司跳了起來，我塞進另外兩片沒烤過的，在大盤子上處理擺放生菜和醬料，如果跟組織要求一台瓦斯爐來就可以煎蛋……我趕緊打消念頭，還是不要拿太多沒必要的東西比較保險。

三隻狗一大早就餵過了，現在輪到我們的早餐時間，至於那隻章魚也沒閒著，自從樹開花之後，不確定是否過於顯眼的緣故，每天都有各種各樣的大小魚類湊近，像是捕蚊燈一樣，營養豐富均衡，再這麼下去，這棟建築物能不能承受胖章魚的重量也必須一併考量進去了。

花還是招搖的開著，像在燃燒生命一般，巴不得全世界的目光聚集，我其實有些擔心黑斗篷們會有所動作，不僅只開花的樹，妮娜和白白也如此大搖大擺，把這棟公寓作為防守據點的方案必須一併考量進去，可問題來了，到底要怎樣才打得贏荷槍實彈的黑斗篷？

雖說對那隻臭章魚沒什麼好感，但作為最顯著目標的牠也還算是生物的範疇，連續吃個三五排步槍子彈總會受傷吧！所以，要先下手為強，以攻擊代替防守。

以「整個空白地帶都知道樹開花了」作為前提去思考，我應該理所當然的要待在公寓周圍，避免樹在結果之前受到任何侵擾。其他人知道這些果實的用途嗎？一併都當作知道好了，那攻擊這裡的目的是為了搶奪果實……還是毀掉果實？

美式早餐拼盤其實只是把應該夾在一塊的火腿吐司拆開來放，但已誠意十足，我各端了一份給妮娜和白白，喝口咖啡之後往自己的嘴裡塞了半塊烤焦吐司，清空桌面，攤開阿鵝給的建築物內部結構圖。

共三層樓高，一樓有挑高設計，是兩間店面打通的面寬，除了八根大柱外其他都是可利用的空間，二樓與三樓規格一樣，各有四間大房間與兩間衛浴，根據狗王傳來的情報，頂樓配置了至少四位黑斗篷，只要靠近都有被發現的可能，整棟建物的玻璃也都用木板釘上，看不見內部情況。

這樣的話不太可能從地面侵入，只能從遠處先將頂樓敵人解決，再正面突破，不過，手邊沒有其餘人手，也不能制定那種會犧牲一堆狗的戰術，要在盡可能減少傷亡的情況下解決目標。

如果是我先偷偷潛入？不行，黑斗篷知道我是誰，這又不是什麼古早時代的八點檔連續劇，只要戴個醜面具就沒人認得出來。

那只好聲東擊西？未嘗不是不可……不對，差點忘記他們有步槍了。

「還在煩惱要怎麼進去嗎？」

我被妮娜突然冒出的側臉嚇了一跳，剛剛端給她的大盤子捧在胸前，吃得亂七八糟，她伸手越過我的腋下想將她的咖啡放在桌緣，差點打翻在內部結構圖上。

「欸欸欸！小心一點！」

「你真的要打他們的話，頂樓會有警衛喔！」無視我的警告，還是有一兩滴咖啡落在圖的邊角，妮娜看起來一點也不在乎。

算了，跟她計較只是在浪費時間。

「這我知道，這就是麻煩的地方。」

「這很簡單啊，只要弄一套他們的衣服來就好了。」

「咦？對欸。」

「對吧——」放回咖啡，妮娜繼續嚼著吐司，發出吧喳吧喳的咀嚼聲。

「但這樣的話，我要去哪裡找他們的衣服？」

「找什麼？當然是用搶的啊！」

「嗯……搶的喔，這我倒是沒有想過。」

「也是，收屍者都比較膽小。」我聳聳肩自嘲，她說的也沒錯。

「你遇過他們幾次？」妮娜繼續問道。

「兩次，第一次是一整群，有個人帶隊，第二次是單獨一個，在樓下玄關那邊。」

「這裡？」妮娜歪著頭，「所以他們早就知道你住這裡了。」

「全世界都知道了吧！」我往那棵樹看了一眼，「不知道才奇怪。」

「那就把他們引過來啊，然後搶一件來穿穿。」

「這樣做麻煩的是後續，他們就知道我在針對他們，」我說，「必須神不知鬼不覺的……偷一件來？」

「好麻煩喔！你再想別的辦法啦！」妮娜邊說邊喝了一大口咖啡，然後「噁！」的一聲吐出舌頭，「我不想喝咖啡了，好苦，有奶茶嗎？」

「妳自己去看冰箱裡有沒有。」

「那個……荒先生，」轉過頭，白白的頭陷在手機螢幕之中，「有人在樓下，可能是要找你的。」

「誰？」我湊了過去，顯示監視器的小螢幕上畫質粗糙，但看得出來是個男性站在一樓門口，瀏海高高抓起，「中山路那個克達？」

「你要下去嗎？」白白問道。

「嗯，我下去看一下，可能是繁虹的事情。」

抓起桌上面罩戴好，順道藏了支小鐵鎚在口袋裡，應該不至於帶到生魚片刀吧！小黑搖著尾巴蹦蹦跳跳，想要跟我一起下去，被我果斷擋在鐵門外，還不確定克達的動機，我不想增加其他變數。

下樓的階梯陰暗崎嶇，口袋裡的鐵鎚在握起的掌中轉啊轉的，我一步一步踏穩向下，轉彎，克達就站在門邊，抬頭向我張嘴，「你知道繁虹跑去哪裡了嗎？」

果然是繁虹的事，可我要怎麼回答？

「她不見了？」我選擇裝傻問道。

「我猜是黑斗篷他們……我們之後也有遇到他們幾次，要我們幫忙處理屍體，可是前幾天繁虹說她不想幹了，不想處理那些不知道是誰的屍體……你在你的收屍體的地方有看到她或她的東西嗎？或是吊人樹那裡。」

「……嗯，」我故作沉思，「沒有印象欸，她失蹤多久了？」

「至少一個禮拜了，我完全聯絡不上她。」克達比我想像中還焦急，對我這樣的陌生人輕易顯露情緒，看來感情確實是相當深厚，但是，抱歉。

「可能只是去遠一點的地方，最近屍體比較少，她可能是去靠近都市的邊界那邊……我會再幫你注意。」我不敢直視他的雙眼，只好聚焦在他後頭的腐爛門框上。

「好，謝謝。」

克達的頭低了下去，轉身離開，我沒有走到玄關，直到他消失在門口照進的陽光之下。

＊

說謊沒有什麼大不了的，但心裡卻比平常還沉重。

本身和克達並不怎麼認識，在這種地方莫名其妙死去也是稀鬆平常的事，但是明明知道繁虹在哪裡，卻裝作毫不知情，這樣真的好嗎？

情況不再像過去那樣簡單，我早就選邊站了，只是我現在才意識到而已。

有點想抽根菸，上次撿到的都拿到廣場賣掉了，我回房間東翻西找，牆面與地面斑駁，什麼都沒有。

流了些汗，腳步比以往還重，拖拉好一陣子才回到頂樓，妮娜等在門邊，我一推開門便湊近過來，像小黑一樣迫不及待，「你剛剛是不是說要先找一個落單的黑斗篷來下手？有現成的。」

「什麼東西？」

「白白！」妮娜伸手一指。

「荒先生，你的朋友在離我們兩個街區左右的距離遇到了一個黑斗篷。」

「一個黑斗篷？」

「落單的！現在是好機會喔——」

妮娜邊說邊蹦蹦跳跳踩上臭章魚的其中一條觸手，腳尖點了幾下，讓吸盤自下而上纏繞雙腿和腰際，高高舉上頭頂……原來這隻章魚還能這樣使用，妮娜啊妮娜，真是個永遠讓我出乎意料的女人。

原本長度就不短的觸手將妮娜送上天際，她似乎一點也不會害怕，從長襬外套的口袋裡掏出一根伸縮單筒望遠鏡架在右眼前，像海盜在用的那種，同時指揮章魚讓她轉向，三百六十度即時觀測。

不到一分鐘，妮娜馬上發出「嘿嘿嘿……」的笑聲，跟我一起立在頂樓平面的白白也沒閒著，低頭對著手機敲敲打打，接著將螢幕畫面轉向我，地圖上標註兩個點，一藍一紅，相距約莫一個半街區。

「藍點是我們，紅色是他們的所在位置，在轉角的地方，後面巷子其中一條是死巷，另一條會通到光復路。」

「等一下，現在是要……？」

「機不可失。」第一次見到白白眼神如此堅定。

「但我不是什麼戰鬥人員啊……而且後續勒？」

「單純等待對方進攻也不是什麼好辦法。」

從沒看過白白露出這麼嚴肅且確定的表情，我深深吸了口氣，果然，黑斗篷們也知道這裡和之前不太一樣，但是如果現在對他們出手，不會引發什麼難以預料的後果嗎？還有，黑斗篷選在這個時間找克達的用意是？如果黑斗篷也知道緊虹的屍體被我拿給了妮娜，然後告訴克達……可能性不大，但也不無可能。短時間內沒辦法顧慮那麼多了，賭一把，只能賭一把，看能不能順便做個人情給克達，留下好印象。

扭動腳踝，拉開門把，小黑和九號、五十七號跟著我動作擠過半開鐵門，率先從樓梯間衝了下去。

「九號、五十七號，你們繞到他後面。我跟小黑從前面引開他注意。」只有小黑汪了好幾聲，興奮得又叫又跳，大概以為是散步時間？沒關係，小黑越沒有防備心，黑斗篷就越容易被騙。

階梯在腳下不斷消逝，我們自黑暗中衝出明亮戶外，兩隻大狗早就不見蹤影，我和小黑在巷弄中左彎右拐，往黑斗篷的所在地前進，將近兩個禮拜下來小黑比之前整整大了一倍，整團黑色毛皮時左時右在腳邊竄動，敏捷且爆發力十足，完全不用擔心踢到牠，最後送到狗王那邊去的時候，我想最該擔心的大概只有過於樂觀的性格這種難以改變的事吧。

黑斗篷出現的位置比想像中還近，一直潛伏在附近嗎？克達就站在他的對面，雙手舉在肩上，似乎在和他說些什麼。

沒看到黑斗篷有攜帶槍械，目標近在咫尺，最好的方法是聲東擊西使他分心，我低頭對著小黑說道：「我等等倒數五秒完，我們就一起衝出去。來，五、四、三、二……」

小黑率先衝出巷口，我腳步急煞，一手扶牆一手插進褲袋緊握鐵鎚，等一下，還沒有倒數完啦！雖然說對方沒有長槍，但總有可能配置可以隨身攜帶的武器，剛剛匆忙之下竟然忘記帶那把生魚片刀！可惡，果然不適合當這種突擊的角色，我側身貼著牆面，稍稍探身，斜眼看向目標位置。

面對小黑的左右亂跳亂吠，黑斗篷似乎不為所動，甚至像根柱子插在路中央，反倒是克達嚇了一大跳，往旁邊大步退開，「小狗？為什麼會有小狗？」是不把小黑當成威脅嗎？但他連一般人會出現的低頭、遲疑等動作都沒有做，難道是沒有發現？不管，現在是好機會——

兩條黑影忽地竄出，我這時才想起剛剛忘記提醒牠們何時出擊的指令，無所謂，黑斗篷一樣反應不及，伴隨小黑稚嫩吠聲中，牠們迅疾如風，兩隻殘暴猛獸同時掛上黑斗篷的右腳踝與左肩，無法得知這個可憐傢伙包裹在黑色布料裡的表情，他應聲倒地，像布偶一般任憑兩隻大狗狠咬甩動。

先別管思慮周不周全，此刻是最佳時機。

大跨步跳出街角，我抽出鐵鎚，對著克達喊了聲「快跑！」後，用力蹦上被壓倒在地的黑斗篷身上，膝蓋撞壓在他的左側肋骨時發出「喀啦！」的碎裂聲，抱歉，我管不了那麼多，人的肋骨有很多根，稍微斷個幾根應該也無所謂吧！

鐵鎚敲打在黑布下臉頰的位置，衝擊腦幹，拳擊手最愛用這招，我左右各捶了三到五下不等，確定他沒有任何反應之後，兩隻大狗稍稍退開，看了一旁仍在狂吠猛吠的小黑一眼，吐出舌頭嘿嘿喘氣。

克達的身影已消失在巷子的另一端，完全沒有要留下來幫忙的意思，我跟著深深呼了口氣，不知道有多久沒有幹這種事了，雙腳踏穩地面，彎腰將雙手插進黑斗篷身側將他扛起，他像沙包般又沉又重，找不到手可以穿過的地方，只好讓他整個斜靠在身上，半拖半拉扯離犯罪現場。

不確定克達和黑斗篷之間有沒有交涉什麼條件，不過現階段應該暫時沒事了，比較難以預料的會是黑斗篷他們的反應，可惡，既然先出手了，就必須速戰速決，搶先攻下他們基地，否則我們的火力根本無法相抗衡。

同樣是九號在前探路，五十七號在周圍警戒，小黑負責扯後腿引起不必要的關注，決定走原路回程，周圍靜得異常，所有活著的生物似乎都躲起來了，包括那些平時隨處可見的小魚群……魚群代表危險程度高低，腦中忽然浮現這件事情，低頭望向雙手拖著的黑斗篷，他死了嗎？不對，有哪裡不對。

「吼——」五十七號的低鳴不太對勁，小黑又往旁邊的小巷子鑽過去了，我果斷將黑斗篷扔在人行道旁，往小黑的方向追去，先找個地方躲起來觀察一下，九號跟五十七號從較遠之處跟了過來，四隻腳快速擺動，跑得比我還急。

就在這個時候，我忽然聽見了微弱的汽笛聲，像蜜蜂嗡嗡，有哪裡不對。

嘶嘶嘶嘶嘶嘶嘶嘶嘶……

循聲轉頭，我看見身後倒地的黑斗篷忽地腹部拱起，整個人呈現詭異的三角形立於地面，接著以完全不符合人體工學的角度站起，雙肩雙臂下垂，上半身晃啊晃的，像僵屍電影裡準備大開殺戒的可怕存在，我無法讓自己的眼神離開他，一般人不應該是這樣起身的，就算他是職業拳擊手或什麼格鬥家，也不應該這麼快就清醒過來。

他打算追過來嗎？失策，剛剛真的太衝動了，有什麼辦法能夠暫時阻擋他靠過來——

碰！

伴隨音聲震撼，我這輩子第一次看到人體爆炸成碎片，就像子彈擊中大顆水球，只不過把透明的水液替換成紅色，血霧瀰漫，肉屑四射，頭部位置高高噴往三四層樓的半空，接著第二次爆炸，低空煙火迸發，周圍被噴濺到的地方全燒了起來，烈火吞噬通道。

電話在同一時間響了起來，我邊跑動邊慌亂接起，是白白的聲音，「荒先生，請趕快離開那裡。」

「你太晚打來了吧！」

「麻煩從右邊的巷子切進來，然後爬過那幾個垃圾桶擋住的地方，從公寓的後面二樓陽台進來。」

「啊？為什麼？」

「一整群的黑斗篷從四面八方圍過來了……」

「什麼？」

＊

大概知道繁虹是怎麼死的了，在這種槍林彈雨之中要存活下來真的是有夠困難。

根本沒辦法爬過堆垃圾的地方，九號和五十七號鑽另外一條人類過不去的小巷不知跑去哪了，小黑則縮在我的懷中瑟瑟發抖，周圍頂樓站滿了黑斗篷，稍微露出一點身體部位便豪不猶豫掃射。

不只大章魚的八爪在空中舞動，某種遮蓋天空的暗綠藤蔓同時迅速蔓延，合理推測是樹的藤蔓，但顏色跟粗細、生長速度全然不同，是吃了妮娜他們帶來的肥料緣故？不過怎麼會變成這樣，是本能防衛機制嗎？

子彈也打不穿的樣子，藤蔓糾結蔓生，迅速填滿整片天空，自高處傳來的槍聲從沒停過，我掏出電話撥給白白，鈴響了好幾十秒，不接就是不接。

兵荒馬亂，妮娜和白白可能也騰不出手接電話，必須先上到上面去才能清楚整體情況，可現在又有小黑這個拖油瓶……不行，我隨手抓了一個啤酒空罐扔到巷子外，哐啷、哐啷、哐啷……槍響持續但不再瞄準這個方向，注意力全被引向樹的藤蔓去了，幹得好啊樹，果然沒有白養你。

抓起小黑揣在懷中，我彎腰從巷口跑出，空中的藤蔓已開始往平面以外的上下空間發展，我踩著大包小包垃圾袋爬上圍牆，幾束手臂粗細的綠藤如雨般落下，伸手抓握其中一條輕扯，上層牢固，可以支撐一人一狗重量。

順著藤蔓使力往上爬，很快便盪進了公寓二樓陽台，陽台鐵門凹陷，散佈八九個彈孔，運氣不錯，門一推就開了，樓梯間仍充滿著髒亂碎屑，可綠色的瀑布自樓上漫下來了，小黑在懷裡掙扎不已，我對牠說著不行，指爪緊緊鉗著牠的肋骨肚腹，往上層樓跑去。

越往上走，身體能通過的空間便愈加狹窄，轉過三樓與四樓之間轉角，已經必須手腳並用，我不得不放下小黑，推著牠的屁股督促他前進，我們就這樣半推半就挪動身軀，前方光亮摻或著煙霧，仍時不時有槍響，但比幾分鐘前減少許多，我們在洞口多等了一會兒，丟了片被藤蔓擠上來的垃圾出去，確定不會被子彈瞄準，才敢一口氣爬出洞口。

洞口外的景色已全然不同，臭章魚不在原本位置，我一時沒有看見牠跑去哪了，頂層對角的花仍狂野綻放，像火焰一般燃燒整片天空，花海之下綠色波濤洶湧，卡通裡會出現的畫面，以某幾個點為中心，粗壯藤蔓不斷湧出流瀉，像泉水瀑布，灌滿整個頂樓表面。

妮娜和白白先走一步了嗎？環顧四週除了一片綠油油外什麼也沒有，沒有黑斗篷，沒有與原先景色相符之處，這裡是藤蔓擴散的中心，蔓浪一波一波幾乎將我們沖下頂樓，我抱緊小黑，隨波浪起伏翻滾至矮牆旁，街道已被浸滿入侵，堆積在路上的垃圾混雜在無數長條擾動的洪流之中，多處凹陷的大水塔、破碎太陽能板、汽車鈑金和輪胎、路牌和看板鐵架，還有好幾具黑斗篷像布偶般任憑推擠摧折，剛剛到底是……

「荒！這裡！」

是妮娜的聲音，可看不見她在哪裡，我來回掃視好幾遍，才發現一隻章魚觸手纏著他的腰際，高高舉在離這裡至少兩個街區以外的地方，她雙手抓著台大聲公，像是從電線桿上拆下來的，本來應該要感到訝異，可她們這麼一搞，我現在無論看到什麼都已經無動於衷了。

對她大喊可能也沒用，我的聲音不夠大，傳不到她那邊，她在半空中晃啊晃的，繼續對著大聲公說道：「你想辦法到我們這邊來！」

我當然知道，不過除了被沖走以外，大概只能長出翅膀才可以度過難關，小黑又開始嗚嗚哀鳴了，乖乖，沒事沒……啊！

有什麼狠狠撞上我的頭，沙發！妮娜她們搬來的沙發竟然沒有被淹掉！我馬上做出決定，單手抽出鐵鎚，拔釘器那一頭勾上扶手與靠背之間夾縫，另一隻手把小黑往上一拋，賓果，他滾了幾圈，被另一側扶手攔截正著。

沙發很快滑下矮牆，我就像被拋出雲霄飛車的乘客，想在白色裂痕遍布卻仍滑溜不已的沙發表皮尋找抓握施力點，但無論我怎麼試都爬不上沙發，手肘關節喀喀作響，吊掛在沙發後頭穿梭藤蔓巨浪之中。

這和我認知的沙發衝浪好像不太一樣，浪與浪之間的落差巨大，我和小黑一人一狗就這樣被甩上甩下，撞碎沿途出現的各式垃圾，小黑的指爪死命嵌進沙發皮裡，我也不敢放鬆，千萬別掉下去啊，掉下去就完蛋了。

沙發迅速穿過隔壁棟的二樓，跨越架在半空中尚未完工的天橋，差點早已被失去功用的紅綠燈敲中，玻璃碎片與木屑石塊滿天，雙臂又酸又痛，可是一放手就會像那些黑斗篷一樣，我拱起肩膀想將自己推上沙發，但沙發在此時忽地高速過彎，將我甩進一旁民宅裡頭。

翻滾碰撞，天旋地轉，我摔進長滿黴菌的腐爛衣櫃裡，左半身痛得要死，眼淚無法克制的滴落在面罩眼窗，模糊溼潤一片，玻璃碎片穿透衣物刺進我的背，我根本搆不著，小黑勒？啊！他還在沙發上，我掙扎爬起，一腳踩上橫在地上的滑溜觸手。

二次傷害，我整個人往前趴倒在地，下顎重擊地面，差點咬斷口腔裡的軟爛舌頭，觸手感知到我的動作後緊緊纏附左腳腳踝，將我拉出房間，貼著走廊地面拖行到斜對角的另一間主臥，再從窗戶用力扯出室外。

豬鼻面罩險些從臉上掉落，我倒掛看著觸手另一端、塞在建築夾縫之中的臭章魚，另外一隻觸手纏著妮娜，她仍抱著大聲公一臉興奮，載著小黑的沙發也被觸手接起了，白白坐在沙發一側抱著安撫牠，牠看起來除了嚇壞了以外沒有什麼大礙，人狗鈞安，謝天謝地。

「大難不死，必有後福——」妮娜的聲音通過大聲公後變得科幻感十足，顆粒狀的聲音往四周亂彈擴散，她還是一副幸災樂禍的樣子，可惡，我到底還要跟她共事多久？

「先將我倒過來拜託。」我說，章魚觸手又甩了我好幾下，才讓我的身體轉正，不再頭下腳上。

「章魚先生，先將荒先生放到沙發上，我幫他處理一下傷口。」

臭章魚莫名聽從白白的話，將我塞進沙發座墊裡，然後在建物縫隙中挪動牠過於龐大的身軀，原本的住所處仍然不停冒著藤蔓，搭配滿天血紅花瓣，就像某種漫畫裡的世界末日場景。

「到底是怎麼回事，怎麼會變成這樣？」

「荒先生，這是我們的誤判，我們附近的建築物裡全是黑斗篷，但不知道為什麼儀器卻沒有感應到。」白白從身上小包拿出各式緊急處置傷藥繃帶，將小黑從大腿抱起放至一旁，「衣服脫得掉嗎？」

「可能要用剪的……你是說，我們那棟公寓早就被包圍了？」

「對，所以你去攻擊的那個黑斗篷可能只是誘餌。」

「分散戰力，然後一舉……啊！痛痛痛痛痛！」

「啊！荒先生抱歉，你這邊卡了一堆玻璃碎片，這有點麻煩。」

「沒關係，你處理。」我喘了口氣，轉頭向在一旁左顧右盼的妮娜問道，「喂妮娜！那個樹是怎樣啊？」

「怎樣！」

「就是……那個藤蔓，啊！好痛！」

「荒先生請你忍耐一下，我馬上弄好。」

「呃啊！好，妮娜！解釋一下為什麼會變現在這樣！」

「喔就黑斗篷啊，他們來掃射一通，子彈射中樹的果實，就變這樣了。」

「射中果實？」

「你看！」隨便將大聲公丟向旁邊觸手，妮娜從胸口口袋掏出一顆拳頭大小的綠色果實，另一手指甲捏著根螺絲釘，「只要將這個插進去，噗滋！」

受到外力侵入，果實表皮開始出現不規則波紋，接著愈加劇烈，有什麼想從中掙脫而出的樣子，妮娜的手高高舉起，直到再也抓不住果實裡的野獸，遠遠拋向半空。

就像煙火四射，大量穠綠在空中爆開迸發，科幻電影式的外星植物入侵之感，藤蔓迅速落進街道裡，再次癱瘓十字路口以及周邊區塊，且沒有要停下來的意思。

「這個會持續多久？」我有點不知道該說什麼，這不太能用常理來解釋，可是在這空白地帶，好像也不能用什麼常理常識來判斷每件事情。

「我不知道。」妮娜聳了聳肩。

「那我們現在……啊！痛！現在……要去哪裡？」

「去大本營！黑斗篷的大本營！」

「啊？」

*

白白傷口處理技術高明，不一會兒就把我半邊身體包紮得像木乃伊一樣，小黑累壞了，在沙發一角呼呼大睡，我們三人連同沙發坐上了章魚腦袋上頭，他們搶救了一整大袋的果實，足以淹沒整座城市的數量。

沒看到九號和五十七號的蹤影，我倒不太擔心牠們，以他們的能力應該足以脫困然後回去跟狗王報備情況。

擺在桌上的地圖跟室內構造圖沒有跟著帶上，好險白白有事先將內容掃進他的手機裡，相較於妮娜那個瘋子真的是太可靠了，難怪組織要將他們兩個排成一組，一個負責大肆破壞，一個負責收拾善後。

還不清楚果實的運作原理，目前看起來是金屬材質碰觸到果實內部便會引發這樣暴走的現象，那其他東西勒？妮娜一直想要將整隻手指插進裡頭，被我們阻止了至少三次以上，才心不甘情不願打消念頭。

「我們現在真的要直接去黑斗篷那棟？」故事進展太快，我還是有些難以置信。

「對啊！」

「但是……就這樣過去？」

「不然怎樣過去？你不想搭章魚嗎？」

「跟章魚沒有關係，是我們也沒有特別準備，就這樣殺去對方大本營？」

「荒先生，是這樣的，如果我們現在不過去，對方應該也會過來。」白白補充說明道。

「而且你看，」妮娜大口吃著明顯從我冰箱裡拿的麵包，食物在嘴裡繞啊轉的，不好好吞下去就急著要說話，「我從他們那邊偷了一把槍過來。」

黑色長槍斜插在沙發椅背後破開的裂縫，泛黃海綿從裡頭露了出來，「但我們只有一把夠嗎？」

「還有一堆果實啊！等一下去要怎麼做我都分配好了，我們看到他們的建築物之後，你用這個……等我一下，」吃一半的麵包暫時塞進沙發邊角，妮娜從身後變出一把彈弓，用不知道從哪裡拆來的廢鐵做的，「這個給你。」

「呃。」我不太情願接過彈弓，有點沉，金屬冰冰涼涼。

「我負責當第一個對他們開槍的人，然後他們要反擊的時候你就用彈弓把果實射出去，要記得先在果實裡隨便塞一個金屬材質的東西，那至於白白……白白就帶小狗去旁邊躲起來，完美！」

「不，這怎麼聽怎麼不對。」

「哪裡不對？」

「如果他們派去我們公寓的人全軍覆沒，那他們應該會是全面警戒的狀態來面對接下來的狀況，樹的藤蔓鬧那麼大，整個空白地帶應該早就知道了，我們不可能大搖大擺地跑去他們面前，然後隨隨便便就將他們消滅啊！」

「我同意荒先生的看法……」一旁的白白微弱贊同，白白是個正常人真的是太好了。

「可是你現在也沒有其他辦法啊！我們又沒有別的據點！」

「有啊你們組……！」

章魚猛然急煞打斷我嘴裡的「組織」一詞，觸手再次纏上沙發將我們從頭頂舉起，黑斗篷的建物就在眼前，但以那棟建築為中心擴散，周圍一整圈頂樓上黑壓壓一片列隊整齊的黑斗篷，荷槍實彈，蓄勢待發。

好，死定了，我轉頭看向妮娜，她渾身上下還是散發著不可靠的氣息，「改變計畫，我不拿槍，我換成拿大聲公跟他們交涉，其餘計畫照舊。」

「……好。」我只能暫時同意。

馬上動作，妮娜輕巧起身跳上移動過來承接她的觸手末梢，雙手打直接過章魚遞給她的大聲公，沙發被緩緩移至大腦袋後，只露出一小部分能讓我們看清狀況，白白抽出長槍放在我的腿上，和我交換了彈弓，眼神堅定。

至於那隻小狗仍然睡得亂七八糟，可以有點危機意識嗎小黑？

「啊囉啊囉——有聽到嗎？」妮娜的聲音聽起來很欠揍，如果我是黑斗篷的首領早就開槍了。

可黑斗篷們仍然沒有動作，眾多外觀顏色幾近相同的軍隊中央站著一個與眾不同的存在，身形明顯與左右周遭小了一圈，裝束也不太一樣，應該是相同材質但剪裁成輕便褲裝搭配巨大斗笠外型圓帽，圓帽下遮臉面罩閃爍紅光，他身邊飄著一台輕巧飛行的小型攝影機，來自都市那邊的玩意兒。

「想跟你們稍微聊一聊，不知道方不方便——」

「嘰——」揚聲器相互共鳴產生的雜音率先回應，尖銳聲響由弱至強迴盪在空白地帶上空，待噪音散去，架設在街道電線杆上的擴音器才開始播送低沉合成人聲，和那天在吊人樹被圍剿之時聽見的嗓音一模一樣。

「能不跟你們聊嗎？」

「不能！」妮娜誠實回應，隨著觸手上下飄移，「因為我們手上有很厲害的東西！」

「妳是指那些藤蔓？」

「對！」不假思索，妮娜的聲音聽起來一臉得意，「酷吧！」

「哪裡酷？那些爛藤蔓？」輕蔑笑聲套上合成聲效感覺更加詭異，對方似乎有恃無恐，會不會其實是裝出來的？面對巨大章魚跟無法控制的藤蔓，加上派去殲滅我們的軍隊全軍覆沒，他現在也沒有什麼其他的辦法，只好開始裝腔作態？有可能，但機率一半一半，必須做點什麼來確認一下。

「什麼爛藤蔓！注意你的措辭！」

妮娜什麼的就讓她去吧，這裡沒有人可以控制得了她，如果黑斗篷們真的開槍，章魚應該也能幫我們撐個一時半刻，我挪動屁股躲進章魚背後的視線死角，舉起長槍，上膛。

「荒先生，你現在是要……？」

「白白，你有看到右前方那棟建築二樓窗戶有一個破洞嗎？」

「我看一下……有。」

「等一下我會瞄準他們老大身邊那台攝影機，你就對著窗戶破洞把種子彈進去，他們一定會開槍，所以要躲在章魚後面，看能撐幾秒是幾秒。」

「可是這樣……妮娜會不會……」

「妮娜不會死啦！你又不是第一天認識她。」

「但是……」

「白白你聽著，我們的時間不多，如果不這樣做我們會更危險。」沒有要徵求白白同意，我舉起長槍瞄準，右眼準星指向黑斗篷首領旁的飄浮攝影機，先把那個毀掉，才可以避免會有更多救兵前來幫忙，「來，準備好了，聽我指令……」

妮娜仍和對方雞同鴨講中，我摒住呼吸，低聲對著一旁的白白倒數。

「三，」食指指腹稍稍扣緊扳機。

「二，」慢慢用鼻孔吐氣。

「一。」碰。

噢嗚！

光跑得比聲音還快，攝影機扭曲碎裂向後彈射，可後方不知何時竄出一條黑影，狠狠咬住黑斗篷左肩和頸部之間的夾縫，零點零幾秒後眼角餘光才瞥見原本熟睡的小黑端正坐起，高高仰起吻部，發出稚嫩長鳴。

另一邊更慢一些些，彈弓彈射而出的種子擊打在窗戶破洞旁為了封窗的長木條，落進巷弄深處，沒時間管這個了，眼球拉回正前方，不只一隻黑狗，無數條健壯漆黑身影出現在頂樓平台上，數量超越黑斗篷軍團，一個一個壓制撲倒在地，身上螢光綠編號在日頭下閃爍詭異色調，好幾個立在邊角的黑斗篷似乎全無抵抗便被推下樓，落地時發出巨大碰撞聲響。

眾犬隻參差鳴聲又慢了零點幾秒才包圍我們，此起彼落從下方巷弄如泉湧出，我稍微找了一下，九號和五十七號分別在不同的建築物頂樓上，牠們一樣昂首長嘯，牠們救了我們，救了我們全部——

「什麼！為什麼那麼多狗狗……好可愛！」

妮娜抱著大聲公的驚呼將我拉回狀況中，不對，大章魚挪動觸手，打算將沙發放上附近頂樓，不對，事情還沒有結束。

「妮娜！妮娜！」我扯開喉嚨吼了起來，她不知道在搞什麼，竟然開始唱起歌來，「妮娜！」

「狗狗好可愛——狗狗、狗狗好可愛……啊？什麼？」

「妮娜妳先閉嘴！」

「為什麼！」

「大聲公給我！趕快！」

「嗯？」

妮娜歪著頭無法理解，但我沒辦法浪費時間讓她理解，「趕快給我就對了，要救那些狗！」

「救狗狗！好！」

我似乎誤打誤撞找到了跟妮娜之間的共同語言，她馬上將大聲公交給章魚觸手，讓觸手遞了過來，但這不是重點，我一時之間找不到狗王，雙手各抓握大聲公一側，嘴對收音孔深深吸氣。

「狗王！讓你的狗趕快疏散！黑斗篷的身體會……」

爆炸。

有什麼東西燒了起來，濃煙從巷子裡瘋狂竄出，可灰黑濃煙中包夾著扭曲蠕動的綠色粗藤，像火山噴發，又像童話故事裡傑克的魔碗豆，碗豆藤直直衝上天際，高過建物，高過章魚，高過所有人，然後往四面八方開枝散葉。

和稍早一樣的景象，一樣的惡夢。

「不要管黑斗篷了！讓狗先撤！」

咻咻——碰！碰！碰！碰！

手指含在嘴裡發出的哨聲尖銳穿梭在爆炸聲中，躺臥在地的黑斗篷發出高空煙火燃燒殆盡時的巨大轟鳴，血肉四射橫飛，在頂樓開出片片噁心紅花，爆炸衝擊如漣漪一般疊加擴散，漆黑身影跳躍躲避噴濺的花粉，迅速卻紀律十足地從每個入口處離開頂層平台，位處正中央的其中兩隻試圖拖拽黑斗篷首領，但明顯力氣不夠，我趴下抱住小黑，腳下的沙發在這時忽然動了起來，大章魚似乎也發現情況不對勁，試圖將身體拉出窄巷後退。

不確定是火焰纏上藤蔓還是藤蔓纏上火焰，黑斗篷的基地周遭瞬間陷入一片火海，有幾隻黑狗被捲進樹藤裡，瞬間消失身影，其餘黑狗像魚群般湧入另外一邊的街道，朝樹藤反方向奔去，我這時才在混亂震動中看見狗王壓在隊伍後頭，他的老舊檔車排氣管噴著黑煙，和身後襲來的熱浪交混合流。

沒看到黑斗篷的首領，黑狗群來不及帶上，不過深陷一片火海中大概也凶多吉少，如果能救起來，多少還可以追問他們到底隸屬於誰，但是現在……

唰唰！章魚忽然做出了超出眾人預期的動作，觸手猛然抽動，探入濃煙烈火之中攪弄，火焰溫度極高，觸手表層瞬間發出膨脹破裂的滋滋聲，伴隨意外好聞的烤肉香味襲面而來，我不知道牠在想什麼，身旁的白白也露出狐疑表情。

「烤章魚！」

「妮娜！牠在幹嘛？」

「我不知道——但是好香！」

「妮娜妳有辦法叫牠趕快抽回來嗎？我們快要跑不掉了！」

「我試試看！」

話還沒說完，章魚觸手便從火堆中使勁抽出，冒著煙的尖端纏著個癱軟無力的身軀……是黑斗篷的首領！

「好棒！章魚你好棒！」妮娜高聲驚呼，而章魚似乎不打算回應，抵在建築物之間的其餘觸手蠕動，往火場反方向移動。

「我們接下來要去……咦？」

章魚的移動速度似乎愈來愈快，沙發不規則亂震，妮娜和黑斗篷首領則被高高舉起左甩右晃，我趴下抱著想要亂跑的驚嚇小狗，和白白面面相覷。

接、接下來，要去哪？

一陣顛簸過後，我們又回到了吊人樹旁，仍可見到遠處濃煙密布，空白地帶沒有什麼消防車之類的設備，必須從城市那裡動員人力過來，可是誰在乎這裡？大概也要燒個幾天，黑煙臭味飄到他們那裡、影響到他們生活品質之後才會開始動作吧！

*

另外一邊則是巨大樹藤矗立，連遠在幾公里外都能看見它仍不斷生長，如果藤蔓的生長不會停止，照這個速度大概一個禮拜左右就能吞噬掉整個空白地帶，我們會被迫逃到城市裡嗎？那城市外包到空白地帶的回收業務跟垃圾清理要怎麼辦？這裡的居民稱不上多，但少說也有三四千人以上，或許更多我不確定，未來到底會怎樣，我一點頭緒也沒有。

漫遊在天際的魚群又出現了，一群一群穿梭巷道，輕巧圍繞在章魚周圍，似乎一點也不怕平時身為掠食者的大章魚，反而是章魚的反應奇怪，停在街口將黑斗篷首領放上頂樓平台之後便動也不動，像機械停止運作一般。

我抱著小黑，和白白一起沿著觸手爬上章魚頭頂，再從連接頂樓那一側滑下，妮娜的腰部被觸手緊緊纏繞掙脫不開，掛在上頭唉嗚亂叫，白白原本要去救她但被我阻止，這種時候不宜增加變數。

吊人樹攀附建物的頂樓地磚早就破碎得不成樣，我先放下小黑讓牠去周圍聞聞嗅嗅，踮起腳尖來到黑斗篷首領的屍體旁。

蹲下，全身黑色裝束還冒著熱氣，應該是耐熱材質，布料完全沒有破洞或融化的跡象，直到如此近距來才發現他的身形並不高大，甚至可以算作比一般正常體格還纖細不少，這樣可以統帥整個兵團？

「白白來，幫我抓住這邊。」

伸手扳著黑斗篷的笠帽邊緣，左右兩側各有一條帶子連接頸部，我和白白一左一右同時卸下扣環，笠帽下還包著層全罩式的面罩，臉部蓋著精密鏡頭儀器組成的五官，他這樣不熱嗎？光看就覺得這樣的設計對皮膚不太友善。

一層一層旋扭拆解，拆下來的零件便隨手放在一旁，我們換了幾個蹲地姿勢，才終於弄鬆最後一個螺絲，很好，終於能知道這個混帳的真面目了。

向上提起面罩，我們同時發出疑惑的「嗯？」。

是女孩子。

我們聽見的低沉嗓音，應該是透過面具裡的變聲器，為了要混淆其他人對她的性別認知？在這個地方這樣確實是有效的，可是還是有哪裡怪怪的。我看著首領的臉，她的嘴裡不知道含著什麼，嘴唇左側稍稍露出了根細小管子，像是廣場攤販會出現的糖果零食。

有什麼微小細碎的音調滾進耳道裡，我忽然有些頭暈目眩，不自覺停下手邊動作，直勾勾盯著黑斗篷肩頭上黑得發亮的鈕扣，我不知道為什麼會這樣，但好像非得這麼做，讓感官抽離身體，我不知道白白是不是也跟我一樣，不重要，白白有沒有跟我一樣好像也不是特別重要……

「起來──現在也才三點──競爭好激烈你怎麼還在睡──」

突如其來的震耳欲聾差點把我的胃從身體裡給壓出來，周圍電線桿上的大聲公同時播放，音量轉到最大，我和白白一時不知所措，纏著妮娜的觸手則在此時朝我們兩個蓋來，瞬間遮去早已微弱至極的日光。

啪！

我和白白及時躲開滾至一旁，章魚鬆手，妮娜整個人趴在黑斗篷身上，一手撐著黑斗篷的臉上掙扎爬起，嘴裡不知道在鬼吼鬼叫什麼，我們聽不見她的聲音，滿腦子都是那幾句白癡歌詞。

到底是哪個……

「嗨，各位，」樂音輒然而止，鄰里大聲公冒出某個有些熟悉的嗓音，媽的哩，如果我沒猜錯的話，「玩得開心嗎？」

那個賣情報的。

「你……」

「先跟各位報告一下，我現在改叫火燒天空雨神，有聽過馬雅文明吧？解釋起來有點複雜，你們可以叫我冒煙松鼠就好了。」

「呃──可以直接說重點嗎？」我忍不住打斷阿鵝，應該說是前阿鵝，現在改叫什麼白癡松鼠的，無所謂，這不是我要聽的東西。

「重點很多，我想一下要怎麼說。」

「你可以先把音量調小嗎冒煙松鼠。」妮娜舉手提問，仍一屁股坐在黑斗篷首領身上，不過她的另外一隻手上似乎把玩著剛剛含在黑斗篷嘴裡的細小管子，有夠髒，那到底是什麼東西？

「好唷妮娜，」周遭音量頓時減去一半以上，白白手腳並用爬到頂樓邊緣抱起小黑，以防牠又到處亂跑，「妳身體下面坐著的黑斗篷應該還沒死透，衣服材質很好，耐熱又防火，不過妳們要注意一下，妮娜妳手中的那個管子不要還她，那東西很可怕。」

「怎麼個可怕法？」我問。

「基本上，整個黑斗篷軍團都是死人嘿。」

「啊？」我們三人異口同聲。

「你們先聽我講完，不然我會一直被打斷。」

「嗯嗯嗯嗯。」

「就是呢，黑斗篷算是一個回收再利用，都市那邊被解決掉的礙事的人，例如舉發財團擋人財路的啊、那些政客的死對頭啊、社運領袖啊、黑道罪犯啊有的沒的，總之就是在城市那邊被殺被失蹤的，運過來這裡稍微改造一下，就變這樣了。」

「改造？」

「主要是透過聽覺，你們剛剛拔得要死要活的面罩裡面有哨音笛，透過各種不同哨音來控制這些屍體動作……聽起來很荒謬我知道，這也算是某種政府那邊流出來的黑科技啦！總之，只有妮娜妳屁股下面那位是活人，其他都是死人。」

「所以她一個人控制全部黑斗篷？」我有點無法接受，現在科技已經發展到這種地步了嗎？

「不只是這樣喔，只要透過聲音，遠程遙控也是可以的。」

難怪那時候在樓梯間對峙時我會感覺到那種異樣的違和感，還有在巷子裡黑斗篷爆炸之前的行走方式也是，都不是活著的生物會透出來的氣息。

「這只是我要說的第一件事，接下來講第二件。」周遭的大聲公稍微停頓了一會，音量似乎比剛才更小了一些，「你們搞出來的那個藤蔓，看樣子應該幾天之內無法收拾吧？」

「沒有要收拾啊！」妮娜朗聲回應。

「嗯？」我歪頭看像妮娜，她的手指在黑斗篷身上戳啊戳的。

「是沒辦法收拾吧？不過這也不是重點，這邊的意外災害如果會危害到附近居民的話，依照往例，城市那邊雖然會比較慢，但是邊界總是會開放的，放行那邊的消防車進來……」

「有辦法讓我們過去嗎？」

「過去？」我愈來愈疑惑了。

「怎麼會沒有辦法哩？但是作為交換條件，黑斗篷首領暫時在我這邊讓我保管。」

「……你是不是想對人家做壞壞的事情？」妮娜再次舉起手來。

「妳要這麼說也是可以，妳想一下，這還算不錯的交易吧？」

「等一下！我搞不太懂你們在說什麼！」我忍不住插話，總感覺事情又朝著另一個難以言喻的方向前進了。

「哪一件事？」賣情報的問道。

「你跟妮娜在討論的事情。」

「妮娜，這件事讓他知道沒關係吧？」

「沒差，他也跑不掉。」

有沒有禮貌啊兩位！在當事人面前光明正大密謀著聽起來邪惡的計畫，這些日子來我有錯過什麼嗎？

「你們到底在說什麼？」

「簡而言之，」妮娜轉向我，眼睛裡流動的光線似乎比平時更加認真，「就是要把你賣掉。」

「啊？什麼？」

「所以妮娜妳決定好了嗎？」賣情報的完全不打算回應我的疑惑。

「嗯當然同意啊，哪次不同意？」

「好哩。」

忽地一隻小客車大小的吳郭魚從頂樓邊緣冒出，嚇了我和小黑一大跳，被白白抱在懷中的小黑開始狂吠，可那條魚無動於衷，鼓動噁心的鰓往我們這裡游來。

「呃呃呃……現在是？」

「有看到魚背上的馬鞍嗎？應該叫做魚鞍才對。幫我把黑斗篷綁上去，繩子掛在魚鞍旁邊了，面罩順便放進另一邊的袋子裡。」

「可以不要嗎？」我說，挪著屁股退開，那隻魚的巨大眼珠無神，像能把我的靈魂吸進去一般，我盡量忍住胃液湧上，轉向白白，「白白！小黑我來顧，你來幫忙搬。」

「好的荒先生。」

位置交換，我默默退到攀附吊人樹樹藤的那側，白白和妮娜七手八腳將黑斗篷綁上魚背，小黑仍在我的懷裡呼嚕低鳴，怎麼覺得牠愈長大愈難以捉摸？也不知道牠這樣狗王會不會收。

「對了，趁她們在綁的時候跟你分享一件事。」

「什麼事？」我回。

「那隻章魚很棒吧！我操控起來也順手。」

「不對啊！你不是說你沒辦法控制這些臭魚？」

「可能跟你說的時候還沒辦法吧？不過章魚是聰明的生物啊，稍微下個指令牠就都聽得懂了。」

「最好是啦！」可惡，做人果然不要太天真，被賣情報的擺了一道。

「總之，章魚救了你們一命又幫我帶黑斗篷回來，感謝你當初跟我交換條件，我應該要準備禮物給你的。」

「咦咦？什麼禮物？」

「你馬上就會知道了。」

你能想像把兩種極端之物放在同一個空間？這樣說可能不夠清楚，門口在房間正中央，一推開門踏進那個奇異空間，第一時間出現在腦海裡的字詞會是「廢墟／天堂」，對的，大概就是這種感覺。

我不確定為什麼可以構成衣服的布料會堆積成山，跟各種用過沒用過的鍋碗瓢盆塞在一塊，看起來曾經是椅子的位置像某種色澤斑斕的肉瘤，旁邊擦的抹的塗的噴的化妝品瓶瓶罐罐四散，像玩到一半的疊疊樂，隨時都有可能崩塌摔碎亂滾，再過去稍微正常一點的空間前身應該是和書桌連在一起的書架，一樣塞滿未拆封的紙箱、書籍、玩具、衛生紙等一些日常生活用品，桌上螢幕亮著，連接搖桿把手，妮娜咻咻幾聲便穿越沒有路徑的重重阻礙，蹦上書桌對面的懶骨頭小沙發，發出「呦呼！」的放鬆歡呼聲。

而另一邊空間明顯小了許多，看不到什麼生活用品擺在桌子櫃子上，大部分牆面都露了出來，乾淨且潔白，小茶几下掃地機器人勤勞工作，不過僅限於白白這邊，只要稍微碰到妮娜那裡漫過來的雜物便會果斷回頭。一旁的床單整齊，沒有一絲皺褶，連上頭的棉被也是折得四四方方，就像家具商廣告中會出現的那種樣板房間，只差幾幅裱框畫，便堪稱完美。

好險廁所是設在白白這邊，如果是妮娜那邊……我吁了口氣，不敢再多做想像。

「荒先生，請隨意。」

我點點頭，放小黑去跟掃地機器人玩，茶几跟床的旁邊還有一小塊空間，目測大概能剛好塞進我的身高，我已經決定好今晚就要睡這裡，死也不要過去妮娜那邊。

「你們這邊是最近才搬進來的？」我問道。

「嗯，加上去你那邊打擾，大概一個月左右，不到一個月。」

「這樣啊。」我又看看妮娜的那個部分，「之後要搬嗎？」

「我也不能確定，看上面怎麼決定。」

「我們是明天早上出發？」

「照理說是，妮娜是說她都準備好了。」我們又一起看了看妮娜，她正戴著全罩式耳機瘋狂按壓遊戲機把手，全神貫注。

「好……小黑！小黑！」我叫了兩三次，對掃地機器人翹屁股的小黑才注意到我這邊，蹦蹦跳跳跑來我的手掌心下，牠身上的狗味比平時濃厚，夾雜爆炸的煙硝味，我忍不住閉起氣來，「你怎麼那麼臭！」

「如果要洗澡的話，荒先生你可以先洗。」

「好，感謝。可以順便洗小黑嗎？」

「可以，請隨意。」

和小黑稍微玩了一下，起身拆開身上繃帶後才順道抱起牠進到浴室裡頭，浴室果然和與預想的一樣乾淨透亮，我拉起沖澡的衛浴隔間，放下小黑，轉開水龍頭。

和以前住的公寓比起來，雖然一樣沒有熱水，但是出水量明顯大上許多，我切換成蓮蓬頭模式，抓起想要從門縫逃出的小黑，開始一連串的洗淨流程，沖溼、肥皂搓揉、先洗肚子和背、再來是屁股跟四肢、脖子、最後是臉，噁，好多眼屎，我左搓搓又揉揉，小黑試圖掙脫了好幾次，最後似乎明白掙扎無濟於事，只好縮起尾巴任憑宰割，沖水之後又用肥皂刷了一次，洗淨流程又照做一次，我才終於放牠自由。

「白白！小黑要出去了喔！牠身體溼溼的你幫我用毛巾把牠包起來。」

「……好。」

淋浴間的隔間門才一開啟，小黑馬上拔腿狂衝，在浴室門口跌了一跤後滾出磁磚，被白白的毛巾接著正著，我稍微將門拉攏，讓冷水從頭頂灌下。

啊啊啊啊傷口好痛！我從噴出的水下退開，雖然都是滿淺層的傷口，但還是刺痛不已，這樣到底要怎麼洗澡！

媽的，今天真是太漫長了。

我轉弱水龍頭，讓水輕輕流過肩頸，順便冷卻一下腦袋，需要消化的資訊有點過量，我明明只是負責餵養樹的收屍人，現在搞得我也得幫組織辦事的樣子，涉入組織太深肯定沒什麼好事，必須要找個時間點想辦法脫身……可是脫身之後要去哪裡？空白地帶到處都有可能有組織派出來的眼線，一個不小心也會變成吊人樹上的屍體，可能不至於如此兇殘，不過我可不想早早就變得跟繁虹一樣。

「只要一不小心就可能死掉」這樣的概念深植在每個空白地帶的居民意識裡頭，如果可以，還是想要多活久一點啊！所有事情都一樣，必須更加周全，把每個細節回推再回推——

賣情報的稍早跟妮娜的對話也很怪，事情肯定有蹊蹺，但是我應該要知道嗎？知道之後感覺就回不去了，只會愈來愈複雜，愈來愈難解，還是乖乖把妮娜交代的事情做完，做完之後老死不相往來？就我的整體利益來說，這樣或許會比較好……賣情報的說要來接小黑去安全的地方，也不知道是什麼時候，煩躁，應該這件事結束後就能回歸日常了吧？

我也不確定。

還有章魚的事情，我根本不知道賣情報的什麼時候去動手術的，雖然說章魚不算是我養的，但是既然賣情報的能夠透過這種手術來操控那些海洋生物，平時一群一群的小魚會不會也在他的掌控之下？該不會他也是透過聲音來操控那些魚，所以才需要黑斗篷首領的某些知識或技術……

「欸借我水洗手一下。」

「啊欸？」

我嚇得轉過身，妮娜不知何時已拉開隔間門，探著頭對我發出讓人不爽的聲響，「幹嘛那麼慌張，是不是在做虧心事！」

「什麼啦！妳幹嘛進來？」

「唉呦，有胸有屁股欸，乖，給我摸摸！」邊說邊跨進淋浴間，妮娜伸出手作勢要摸過來，我趕緊遮住下腹，躲進邊角之中

「妳幹嘛啦！」

「害羞什麼！我又不是沒看過男人裸體！什麼羞羞臉的事情我全部都做過了啦！還有拍過影片喔！」

「這才不是重點！」

「啊我剛剛進來上廁所跟你說話你都沒有回，我想說你是不是暈倒了，關心一下關心一下嘛。」

「妳有跟我說話？」我問。

「有啊我說我要進來上廁所了，到我上完廁所你都沒理我！」

「那你上完廁所就可以滾了啊！」

「洗手台的水龍頭壞掉！我說第二次了！」妮娜的聲音有點不悅，她的手伸得老長，對著蓮蓬水柱撥啊撥的。

「有嗎？」

「有！」她義正嚴詞。

「好啦妳趕快洗一洗！」

「肥皂。」

「啊？」

「我要肥皂，架子上面那個綠色的，艾草口味的喔。」

「趕快洗一洗。」我轉頭看向牆上肥皂架，除了我手上的，另一塊綠色的擺在那兒，我伸手拿起，遞過去給她，她也沒說謝謝，開始手掌搓揉起泡。

「要不要幫你洗洗啊？我不收錢的喔！而且你背上的傷口看起來滿可怕的，記得擦藥嘿！」

「不要。」我斬釘截鐵，瘋子我從來都是敬而遠之。

「欸我們老大都很愛讓我洗欸，洗完還有特別服務，舒服的那種。」

「妳趕快洗一洗啦！」

「很兇欸！」手中肥皂丟回來給我，妮娜又拖拖拉拉了一下，才終於移動身體離開淋浴間，

「對了，明天要很早起喔！」

「什麼時候？」

「大概四點就要起床，我們五點出發。」

「出發去哪裡？」我稍早有問過差不多的問題，但得不到什麼切確答案，雖然有白白在，但白白畢竟也隸屬於組織，和我這種外包的不一樣，跟他們做事還是要知道多一點比較保險。

「去邊界。」

「然後？」

「想辦法進到市區啊！你要我現在解釋嗎？我可能要解釋十分鐘喔，你這樣會被我偷看光光十分鐘。」

「好啦我等一下再問你。」

「掰掰！」

妮娜轉瞬消失在隔間門口，我真的快受不了這個女人了。

*

身體很累，還沒進入熟睡狀況便被妮娜挖醒，她音樂開得有夠大聲，吵得要命，腦袋昏昏沉沉，喝咖啡也沒效，反倒是妮娜打了一整夜的電動還是神采奕奕，我嚴重懷疑她有偷偷嗑藥，才能無時無刻都這麼有精神。

能帶的東西並不多，我從隔壁沒人住的房間翻出一件破洞的牛仔褲和深色短T，再掛一顆球型小燈在胸前，衣服尺寸稍微小了一點，加上身上的繃帶厚度，領口有點緊，但在這裡沒有人會多看你一眼。平時的基本裝備全都被那棵白癡樹給捲走了，我原本想跟白白要了兩支短刀藏在長褲後面口袋，以備不時之需，可口袋太小，最後還是作罷。

鎖上房門，我們跟著妮娜的腳步在大樓裡繞來繞去，小黑時醒時睡，我將牠抱在懷中，讓牠的頭靠在我的肩膀上，等一下就要告別了，賣情報的說會先幫忙照顧一陣子，然後再幫我問看看狗王到底要不要收留牠。

走樓梯下樓，地下室霉味撲鼻，牆上的緊急照明似乎失去功效了，沒有半點光，白白打開了球型小燈，圓形亮光在充滿灰塵卻又潮溼的地面上滑行，幾隻伸長了毒刺的水母自我們頭頂飄過，過了約莫三四分鐘，眼睛稍微適應周遭環境後，妮娜才開手說道：「到了喔。」

是輛大得誇張的廂型車。

妮娜手按遙控器，汽車發出嗶嗶兩聲，車尾燈閃了兩下，像是炫耀寶貝似的，她興奮地將手搭在後車廂的鑰匙孔上，車門左右拉開。

車廂正中間是個銀亮冰櫃，搭配車廂內側左右邊各一條黃燈映照，看起來富麗堂皇，冰櫃正好在降溫，壓縮機嗡嗡作響，正好搭配妮娜嘴裡「將將將——」的狀聲詞，只差沒有乾冰特效助興，不然會更加精采一些。

「這個是……？」

「來，上車上車，我跟你們介紹。」

我跟白白依序上車，和他一起站到了冰櫃左側，妮娜則站在另一側，伸手把玻璃窗上的毛巾拿到一旁，喀啦掀開玻璃蓋。

裡頭的女人似曾相識，但又好像不太確定是誰，她的額頭正中央有個星星圖案的刺青，人中略長，嘴巴微微開啟，兩側深色長髮披至胸前，雖能看出已過世多日，但整體氣色並不太差。

「登登！荒，這個人你認識喔。」

「我？」我搖了搖頭。

「沒錯！你之前還有揹她，她就是繁虹！」

「咦？繁虹什麼時候長這樣？」如果沒記錯，繁虹應該是金髮龐克造型，眉毛上有鑲幾顆釘子才對。

「對，因為她也不是繁虹，是這個人。」

妮娜從手中變出一張折得爛爛的剪報，上面大半都是密密麻麻的字，右下角一張小照片，看起來就和冰櫃裡的人一模一樣。

「這誰？」

「廢墟探險界的明日之星，綽號叫楠，一個木加南邊的南，我們的超級貴人。」

「我怎麼沒聽過這個人？」

「因為她是都市那邊的人啊！她在城市那邊滿有名的說。」

「我們要把繁虹的屍體假裝成這個叫做楠的。」白白難得開口，聲音有些微弱。

「賓果！白白我真的好愛你，你真是太聰明了！」

「為什麼？」我不太能理解。

「白白那麼棒我當然愛，你也想要被我愛嗎？」

「我是問，」我有些不耐煩，都什麼時候了，妮娜還在那邊白目，「為什麼要偽裝成別人的屍體？」

「因為報紙上面說這個人失蹤一陣子了，所以……」

「妳怎麼會有那份報紙？」

「當然是冒煙松鼠給我的啊！不然空白地帶哪來這種東西。」

冒煙松鼠……我記得妮娜早在一開始送肥料給樹吃的時候就把縈虹的屍體要走了，那時候他們就有聯繫了嗎？不，這樣想不對，這裡的每個人或多或少都有所連結，這樣推斷反而會造成我們合作上的不睦。

「妳繼續說。」

「她失蹤一陣子了，又是城市那邊的有名的人，所以啊我們只要宣稱我們找到了她的屍體，是她的夥伴，就可以順理成章跨過邊界了，酷吧。」

「邊界的哨站不會檢查嗎？」

「當然會啊，可是現在因為藤蔓跟大火的關係，那邊忽然要派支援過來肯定會手忙腳亂，我們只要搶先一點點，在這邊失控之前，空白地帶的居民開始擠著要逃到城市那邊之前先過去，萬事OK。」

「聽起來滿合理的。」我說，「賣情報的也會幫忙疏通哨站？」

「對，所以等一下白白你負責開車，我坐副駕，然後荒你坐後座，白白等一下把這個隔板升起來，這樣前面可以直接看到後面冰櫃，他們哨站的人就不會在那邊雞雞歪歪一堆。」

「要直接這樣過去？妳坐副駕駛座可以嗎？」

「不要小看我！我可是交際花！」妮娜吐了吐舌頭，好吧，姑且相信她一次。

「妳高興就好。」

照計畫動作，後座與後車廂之間的隔板慢慢降下，我將小黑安頓在其中一個座位上，白白發動車子引擎，妮娜則拿了她的球型小燈吊在擋風玻璃前的後照鏡上，拿出粉底開始補妝。

車頭大燈打亮前方，我們在幾近伸手不見五指的地下停車場迂迴前行，漆黑中發出微弱螢光的水母與不知名小魚時不時擦過車窗玻璃，有些如夢似幻，聽說國外的遊樂園裡有類似的設施，只不過速度更快，整車乘客也都會繫上安全帶。

上坡通道前的窟窿震得妮娜哇哇大叫，白白和我都已習以為常，沒有多加理會，車子在迴旋坡道上繞了幾圈，終於來到一樓地面，飄進車廂內的空氣和之前不太一樣，有股塑膠燃燒的惡臭辛辣，我戴上豬鼻面罩，這時才發現有哪裡不帶對勁。

「喂妮娜，現在是要直接過去邊界？」

「對啊，怎麼了嗎？」

「賣情報的沒有要來接小黑？」

「他沒有跟我說欸。」

「等一下，這跟我們剛剛之前說的不一樣。」我忽然有些生氣，把小黑帶去是要讓牠去送死嗎？

「他很像是說，過了邊界之後，自然有人會安置。」

「妳確定？」說實在的，那個賣情報的滿肚子詭計，我不太相信他的保證。

「嗯。」妮娜搖下窗戶，將手掛在車門上，「應該是這樣。」

「妳可以確定一下嗎？」

「我現在也沒辦法聯絡上冒煙松鼠啊！」

「妳……」

「……荒先生，我會負責照顧好小黑的，請您放心。」

我從後座看不清楚白白說話時的神情，可能部分是要幫妮娜解圍，但也只能姑且相信他，至少他比妮娜可靠多了。

罪魁禍首還是那個賣情報的，我們現在所做的一切該不會全是他的圈套？

「好。」我的回應含在嘴裡，伸手摸摸小黑的背脊，外層毛皮粗糙，再過不久就要變成健壯的大狗了吧！

不知為何，今夜似乎特別容易感傷，我就像個詩人一樣。

遠方火光沖天，色調是詭異的橘紅混雜豔紫，像油畫風格那樣，黑煙不斷竄動，彷彿廢墟的陰影不斷延伸再延伸，活了過來似的，然後試圖抓取整個被人們排斥的地方。

原先該會出現居民活動的地方半點人影也沒有，那些在生鏽鐵筒裡生火舉辦儀式的邪教徒都消失了蹤影，時不時有爆鳴聲與人群呼喊的聲響隨風傳來，氣氛和先前明顯不同，我能感覺到有某種東西正在慢慢瓦解，可能是空白地帶的日常生活，可能是和城市的邊界防線，我說不上來那種感覺，但最終崩潰的時機終會到臨，我的直覺是這樣告訴我的。

「……要到檢查哨了，」白白出聲提醒，我和妮娜聞聲坐直，背部脫離椅背，「等一下會有兩關，第一關比較鬆，但第二關可能會上車檢查，就算被禁止通行也不能衝動，賣情報的說他會幫忙。」

沒有人特別出聲應答，吸氣，吐氣，裝做哀戚但且毫無異狀的樣子。

車輛緩緩停下，擋在車前的橫桿上方紅色燈源刺眼，這一關離下一關有些距離，周圍都還是廢棄建物，大多數警備人力也都部署在這裡，好幾管機槍架在哨站旁的地上，已經做好最壞的打算了嗎？

穿著制服的高大男人靠往駕駛座那側車窗，車窗在收進車門時發出哇哇嗚嗚的摩擦聲，他彎身探頭，手中的球型小燈光圈來回掃視，先是車內邊角，再來才是正副駕駛座上的白白和妮娜。

「身分證，還有通行許可。」

「……每個人的都要嗎？」白白問道。

「對，麻煩你們都交給我。」

伸手從胸前口袋掏出證件交給對方，對方伸手收去，對著球型小燈微弱光源困難的閱讀了起來。

每一秒鐘的流逝速度似乎都比平時更慢了一些，小黑坐起身來左顧右盼，我一手放在牠的背上，稍稍轉向妮娜，她看起來正常不少，瓶瓶罐罐擺在副駕駛座前，繼續在臉上塗塗畫畫。

「不好意思我對一下各位的長相喔！」

「……我記得過來的時候不用？」

「進去空白地帶跟進去市區不一樣啊——OK，副駕我看一下。」證件在警備人員手中翻來覆去，我完全不知道證件哪來的，大概是那個賣情報的給的，等一下，我的身分證上面是用本名嗎？

「好，還有後座……不好意思，頭再伸出來一點。」

我摘下面罩，照著指示將脖子伸到前座，看不清楚警備人員的臉，他低著頭來回對照幾次之後，終於將證件還給白白，白白則順勢一張一張遞給我和妮娜。

「……這樣就可以了嗎？」

「車後面有載東西嗎？」

「……有，是冷凍櫃和楠的屍體。」

「男的屍體？」對方聲音裡的疑惑顯露無遺。

「……我們是廢墟冒險家楠的夥伴，她出了意外，所以我們去把她帶回市區。」

「是那個楠嗎……」警備人員喃喃自語，對著對講機講了一句聽不懂的話語後，再次傾身靠窗，「你們往前開，前面那個關卡會上車檢查。」

車子再次開動，我靠回椅背，身分證上寫著吳安迪三個字，誰啊？這是臨時想出來的名字吧？

「妮娜，妳的身分證上面名字是什麼？」

「嗯？」稍微歪著頭，妮娜旋緊其中一罐化妝品後理了理頭髮，將上衣胸口的扣子全部解開，「謝妮娜。」

「妳的本名叫謝妮娜？」我忍不住笑出聲來。

「怎麼可能？不要逼我喔。」

「那白白勒？」

「……第二關要到了。」

不打算回答問題，車在紅色指揮棒的引導下停在路口處，身上掛著無線電的男子靠了過來，開口便是一句「後車門打開，我們要上車檢查。」

「……好。」白白照辦，對著我使了使眼色。

起身繞過冷凍櫃，我卸下車門上的栓，推開其中一邊，車廂內的照明燈馬上就亮了，照得四周一片黃橙，車外等著兩個揹長槍的警備人員，也不等我將門完全開啟，便一腳踏進車廂裡。

吼——汪汪汪汪汪汪汪汪汪汪汪汪汪汪汪汪汪汪汪汪汪汪汪汪汪——

小黑忽然從座位上跳下，齜牙咧嘴狂吠猛吠，我嘴裡喊著小黑閉嘴，但牠完全不打算聽話，我只好一把將牠抱起，可吠聲不止，聲響在車廂內彈射放大無數倍，警備人員皺著眉大聲說著什麼我完全聽不到，只好抱著小黑往後退，讓小黑背向他們，可牠還是不斷叫著，全然沒有要停止的意思。

不知為何，妮娜也開門下車了，關門時的碰撞聲幾乎完全被狗叫給蓋過，我不確定她要做什麼，我盡可能把注意力放在扭來扭去、亟欲掙脫束縛的小黑身上，虎口想抓住牠的吻部，可徒勞無功，只換來更激烈的掙扎。

摀著單邊耳朵，上車的警備人員大步走至銀色冷凍櫃旁，指著蓋在頭部位置的毛巾，我聽不懂他說什麼，只得點點頭，他輕輕揭開，毛巾稍微擦拭玻璃上的霧氣，盯著裡面的屍體好幾秒後，才放回毛巾，後退離開車廂。

對方一離開車廂，小黑明顯安分許多，但仍摻雜著幾聲不滿的嗚吼，我趕緊將門關上，放下小黑，牠輕快跑回座位，指甲在車內地板發出答答答的清脆聲響，聽起來一點悔意也沒有。

「臭狗……妮娜勒？」我抬起頭向白白詢問，妮娜不知何時下車離開了，白白似乎完全沒有聽見，眼神看著半空中的某個方向，可那裡什麼都沒有。

妮娜拖拖拉拉了一段時間才回到車上，門碰的一聲關上。

「走吧走吧！趕快離開這裡吧！」

＊

離開空白地帶的車速稍微加快了一些，卻又保持著某種不致於讓人起疑的微妙安逸，經過溝上的大鐵板時車內發出了轟隆的聲響迴盪，正式進到護城河中。

護城河只是代稱，並不是真的一條看不見底、飄滿鱷魚的深深溝渠，但畢竟是介於市區與空白地帶之間的緩衝區塊，僅有少數人家居住，大多是提供貨運司機住宿的非法旅店、提供垃圾給空白地帶處理的仲介商或是等著偷渡進市區的非法移民。

建築物並沒有比空白地帶還少，可整體氛圍明顯不同，或許有無人居是影響最大的層面吧？廢墟林立，每個窗口都是通往幽暗的入口，照理說這裡的魚群應該要更多才是，不用跟人類爭搶地盤，應該是棲息地的首選，但我們進到護城河之後便連一隻魚也沒有見到，無論是一整群竄游半空或是在窗台開口處探詢的都沒有，還是這裡不適合他們生存？

不過現在的氛圍也不太適合開口詢問，白白從剛才便不打算開口講話，雖然他平常話就不多，這次感覺不一樣，似乎在生著悶氣，妮娜也是，手指忙碌玩著球型小燈，嘴裡嘟噥著無聲的歌，完全不是平常那個瘋癲模樣。

他們是怎麼了？剛剛通過關口時有發生什麼嗎？是因為妮娜亂跑下車嗎？還是……

「你怎樣？又在不高興了？」隨手放開球燈率先發難，妮娜抬起頭，卻是看向窗外。

「……沒有。」白白沉默了半晌才開口回應，手指箝在方向盤上。

等一下，他們現在是在吵架嗎？

「明明就有。」

「……」

「我剛剛到現在又沒有做什麼事。」

「……嗯。」

「有什麼話就直說啦！每次都這樣，很煩！」

「……剛剛為什麼要下車？」

「下車？你說在檢查站的時候？」

「對。」白白這次沒有遲疑。

「沒做什麼啊！我去上廁所欸！」

「……妳先去找了旁邊那個看起來像主管的中年人，他跟著妳一起過去廁所的啊！」

「我……」不知為何，原本強勢的妮娜忽然退讓了下來，「他又沒幹嘛，他怕我亂跑啊！」

「……妳不用特地下車，我們一樣能過邊界的檢查站。」

「我這是要確保我們能成功，用心良苦欸！」

「……」

「本來就是……而且，你幹嘛管那麼多！你又不是……」

妮娜的反駁嘎然而止，有什麼忽然籠罩在廂型車上，不是落在車頂，而是更為遙遠的上空，巨大陰影比周遭黑暗更為濃稠，我們從車窗根本無從辨識每個陰影的區塊組合起來會變成什麼模樣，但不知道為什麼，腦中就是會浮現那頭巨大黑鯨的形象，汙濁、混亂、不堪、可怖、邪穢——種種生於幽暗之中的事物組成了牠，卻使空白地帶的所有居民肅然起敬。

兩人的爭執便這樣莫名其妙的結束了，那頭黑鯨感覺不疾不徐，游速卻比我們還快，目標堅定往市區的方向移動，我們三人仰著頭，尋找車窗內能看清楚細節的角度，可牠還是離得太遠，對空白地帶的居民來說那大概是近似於神明的存在吧！沒有道理能夠解釋，就像充斥在周遭的魚蝦生物一樣，乍似能量構成，卻也不全然是單純的能量結晶。

等我意識到車速慢下來時，那頭鯨魚已消失無蹤，小黑依然蜷成一圈睡得安穩，反倒是夾在那兩人之間的螢幕忽地沙沙作響，接著出現一張討人厭的臉露齒微笑，是那個賣情報的。

「情況順利吧？」

「順利順利，超級順利。」妮娜沒好氣地回他，似乎還生著氣，白白則是又回到一句話也不說的狀態。

「順利就好，等一下你們照著螢幕上的路線走，晚上先住金先生的店，我已經幫你們事先聯絡好了，這就是我之前說的禮物喔——」

「啊？金先生喔？」妮娜的語氣不太對勁，近乎反感的驚呼。

「金先生是誰？」我問。

「金先生那裡很好啊！還有熱湯可以喝。」賣情報的不打算回答的樣子，直接忽略我的疑問。

「不要！他很煩！孤僻臭老人！」

「總之你們快過去就對了，不要讓金先生等。」

「難道沒有更好的地方——」

嗶。螢幕畫面轉為地圖，看來是對方掛斷通訊了。

「吼吼吼吼吼吼吼——白白！你為什麼不幫我說話啦！」

「……」

「我不想要住金先生那裡啦！吼吼吼！討厭！」

妮娜有點情緒失控，像暴龍一樣大吼大叫，嚇得小黑從座位上跳起，睡眼惺忪左右嗅聞空氣，我輕輕拍著小黑的頭，稍微舉起手穿過正副駕駛座之間，「呃……所以，金先生到底是誰？」

第三章　藤騷亂

天還是黑的，但遠處建築物的邊角輪廓已冒出白光，我們終於在左彎右拐好一陣之後在小空地前停好車，來到金先生隱密廢墟巷弄內的旅店。

下車，拉開厚重金屬大門，金先生對於我們的來訪沒有特別表示什麼，甚至連寒暄也沒有，從頭到尾只從後頭廚房門口布簾露出半張臉，對著我們點了點頭便又消失無蹤，我抓著小黑，跟在白白和妮娜身後，可他們似乎也非常拘謹，拉開餐桌椅子時小心翼翼。

姑且不論金先生是不是個特別孤僻的人，光從室內擺設大概就能理解為何妮娜會對於住在這裡百般不願，除了地板之外的所有地方一塵不染，書籍、黑膠唱片和唱盤、小黑板、餐具和裝飾擺設井井有條，似乎每個位置都有個虛線框，必須完全擺正才算是合格的拜訪者，連牆上畫框的相對位置都拿水平儀和捲尺仔細對過似的完全平行垂直，監視空間內的我們是否隨意亂動東西。

桌上早就擺好三副碗筷餐具，餐桌中央是一個大鍋冒著熱氣，我伸手想掀開蓋子，但被妮娜張口阻止：「等一下。」

縮回右手，我想起剛剛車上妮娜和白白兩方對金先生的描述，固執、社交障礙、強迫症、話少、規定很多、但是食物好吃、湯特別好喝……我上次吃東西是什麼時候？

「不行，我好餓。」我說。

「你有看到標價嗎？」

「標價？」

「那裡。」

循著妮娜的眼神轉頭，廚房入口旁小黑板密密麻麻寫著一堆文字和數字，我瞇起眼一條一條找尋，住宿450、休息250、拖鞋50、旅行沐浴組30……有了，湯（碗）30、白飯（碗）10、當季蔬菜時價——

「沒有很貴啊。」

「問題不在貴不貴，你有錢嗎？」

「這點錢我還是有的。」

「不，你看最後一條。」

視線下移，比那些螞蟻字更小的一排文字幾乎無法辨識，我往前走了兩三步，「……若違反相關住宿規定，將收取十倍費用。什麼住宿規定？」

「小黑！」

倏然掙脫我的雙手，一條黑影竄過桌下，在妮娜和白白的驚呼下奔進廚房入口，我想跨步跟進廚房，卻跟妮娜和白白驚慌的眼神對上，他們瘋狂搖頭，就像壞掉的舊式立扇一般，幾秒之後，入口布簾後方傳來鍋碗瓢盆碰撞聲以及小黑的哀鳴吠叫，不行，繼續放任小黑下去我們可能要賠償更多，我跨步向前走去，但馬上又後退了一大步。

布簾被完全掀開，立在眼前的大叔顴骨高凸，幾乎遮去了塞在眼眶裡的一半眼球，髮色灰白相間蓬亂，大小青筋自頸部兩側向下延伸至雙臂，而他的臂彎中鉗著隻笨黑狗，張嘴吐舌嘿嘿亂喘。彷彿能聽見妮娜和白白倒抽口氣的聲音，我們三人愣在原處，看金先生眉頭緊皺，將懷中笨狗遞出給我，「別讓他再亂跑。」

「好……好。」我小心翼翼接過小黑，牠的舌頭甩啊甩的，噴了好幾滴口水在我身上。

「湯在餐桌上，有需要什麼再跟我說，你們在這裡的開銷都已經付了。」

「咦……？」

對我們臉上的難以置信不屑一顧，金先生轉身回廚房去，我再回過頭，妮娜的臉已經幾乎整個埋進湯鍋裡頭。

「妮娜你在幹嘛！」

「快來快來快來喝湯，小黑放桌上也沒關係！」

「……這樣，這樣不好吧……」白白面有難色站在一旁，但妮娜似乎瞬間變回往常的樣子，一點也不在意。

「現在是想做什麼都可以了嗎？」我問，原來不只是幫我們訂房，連房錢都預先支付作為他口中說的禮物嗎？這還真不像那個賣情報的作風。

「你沒聽剛剛金先生說的嗎？冒煙松鼠都已經付了！松鼠萬歲！」

「付是付了，但是有包含我們可能違反規定的……」

「荒你快拿個碗過來，白白也是，小黑隨便丟著就好，湯要趁熱喝。」

以我對妮娜的了解，現在跟她說什麼都攔不住她，我將小黑放在地上，繞過大餐桌，拉開椅背入座。

妮娜幫忙盛好的湯顏色暗紅，大概是某種加了一堆番茄的羅宋湯，新鮮蔬果現在少見了，偶爾會在廣場那裡碰到擺地攤賣菜的阿婆，自家屋頂種的，不過阿婆也好一陣子沒有出現，可能是菜都被那些爛魚偷吃光了吧！

餐桌對面的妮娜吃得唏哩呼嚕，她甚至舀了一碗給小黑，讓小黑在桌下狂舔猛舔，而白白依舊矜持，一湯匙一湯匙慢慢地喝。

我先舀了一小口，豪不遲疑放進口中，有那麼一瞬間，我差點無法控制淚腺迸發液體，這輩子從沒吃過如此美味的食物，或許這才是這些食材真正該發揮出的樣貌，以前從超市垃圾桶挖出來的冷凍食品完完全全符合垃圾食物這樣的稱謂，實至名歸，我真心為過去因找到幾包培根或炒飯而沾沾自喜的自己感到羞愧。

沒有辦法像美食評論家那樣鉅細靡遺的用各種修辭來描述這種美味，我只能身體力行卯起來吃，不僅只濃湯，妮娜還加點了炒飯和好幾盤熱炒，這裡什麼都有，連啤酒都是只有城市地區才買得到的Urban Gold，反正是賣情報的那個混帳付錢，這樣也只是剛好而已。

不確定過了多久時間，我們三人一狗都癱軟在餐桌旁邊時，金先生才再次從廚房布簾後現身收拾碗盤，他依然沒有多說什麼，默默整理完畢之後便又隱遁離開飯廳。

「金先生以前就這樣嗎？」確認金先生遠離後，我壓低音量詢問白白。

「……我跟這裡其實也沒有很熟悉。」

「他以前就這樣啦！」妮娜插嘴，又開了罐啤酒，「不過我是第一次在這裡吃得那麼開心，以前什麼都不敢碰，鬼才記得清楚那些規矩是怎樣運作的。」

「那個賣情報的真的會付所有的錢？」我抱持懷疑態度，我對他的印象還停留在錙銖必較這樣的詞彙之上。

「會啦金先生都這樣說了。」

「他是說已經付過了吧？表示那個賣情報的付了一些錢給他，但不代表我們在這裡都是免費的。而且……」

「你問題好多欸！總之你不要擔心這個，我們現在要來討論另外一件更重要的事情。」妮娜對空揮了揮手，轉頭看向白白。

白白從桌下拿出公事包擺正，對半攤開，在我們三人之間投影出立體浮空的城市造景，舊大樓地標像根倒過來的音叉插在都市中央，周圍更高的高樓林立，整座城市的其中半邊延伸過去是海，剩下半邊則分割成上方一小塊連接北部的高速公路與分隔兩邊的護城河，再過來才是空白地帶。

地圖放大，我們的目光聚焦在舊大樓地標上，周圍有處較為低矮的部分標示著自由閱覽室，閱覽室上方通道錯雜，像張大蜘蛛網纏在大樓與大樓之間，妮娜點了舊大樓的頂部，將投影放大到接近最高樓的地方。

「七十四樓，你跟屍體小姐的目的地。」

「我們要做什麼？」

「不是我們喔，這樣說好了，我跟白白要去別的地方做其他事情，這邊是你要去的地方。」

「等一下，」我舉起手，手掌放在耳朵旁邊，「要分頭行動？」

「當然，你以為事情有那麼簡單？」妮娜嗤之以鼻，可惡，我是不是又被耍了？

「那我要做什麼？」

「當然是碰——咻——啪——然後再趁亂逃走，看要去哪裡都好。」

有說跟沒說一樣，我清了清喉嚨，「呃……可以再解釋得清楚一點嗎？」

＊

什麼是對的，什麼又是錯的？

這次的行動顯然不只是復仇，簡單直接，成功之後大概也不用擔心警察會找上門，因為所有一切穩固的都會崩塌，全部重新開始。

作為報酬，這票幹完組織應該也不會再來找我了吧？

我也不確定，既然組織決定把這樣的工作安排給一個外人，即便他們滿口保證，終究是透過妮娜的嘴裡說出，我之後會不會被他們做掉的機率大概是一半一半，同時要躲避黑斗篷他們，還得照顧小黑，不管怎麼算都不符合效益。

把城市毀掉之後，我能成功脫逃的機率反而說不定會增加。

如果把情感什麼的也考慮進去，說實在的，那座城市最後變得怎樣都無所謂吧？即使行政區域是被劃作同一個區塊，我也沒有在空白地帶以外的地方度過任何一個晚上，把那些看似光鮮亮麗、實際上卻虛偽不堪的地方也變成空白地帶，對所有人才都好吧？

這好像也不是我這種人能思考的問題。

原本幾個小時之後就要開始行動，但是人算不如天算，大把大把魚群忽然出現，自空中鋪天蓋地而來，塞滿窗戶外側和街道，沒有預兆，就像末日異象一樣，打亂我們的所有計畫。

空白地帶裡除了那群邪教徒以外沒有人會在意那些笨魚，但這裡是城市邊緣的護城河，總覺得有哪裡不太一樣。

「我可以先去睡覺嗎？」我舉手發問，計畫細節早就討論完了，白白去上廁所，妮娜則抱著整桶鐵製湯桶直接用湯勺舀著喝，無可厚非，錢不是我們付的。

「你記好你的任務內容了嗎？」妮娜反問。

「但現在要怎麼出門？」換我反問。

「不是出不出門的問題，有沒有心的問題吧？」

「但妳不覺得把這種重責大任單獨交給我，很難讓人放心嗎？」

「這麼說好像也是。」妮娜將湯桶扔回桌上，差點將一旁的油膩餐盤撞下餐桌。

「所以，我要先去睡覺，養好精神。」

小黑從桌底爬出，跟在我的腳邊一起踩上有點陡的木製樓梯，樓梯間燈光昏黃，木板咿咿呀呀，今天沒有其他客人，整層二樓都是我們的。推開門後就是一整個大房間，左右各兩組上下鋪，一共八個床位，我和白白在左半邊，右半邊全給妮娜。

一開始選靠窗的位置實在是失策，許多見過或沒見過的大小魚種貼著透明玻璃游過，像身處在水族箱裡面一般，這些魚都是哪裡冒出來的？平時他們會越過空白地帶的邊界嗎？我強忍不適，走向前去拉上窗簾，那窗簾上方滑輪稍微有點問題，不管怎麼拉都會有條縫隙無法完全阻隔窗外景象，啊啊算了，先睡要緊，小黑早我一步跳到下鋪的床墊上面，在摺成方形的棉被上前腳挖啊挖的，我踩上冰冷爬梯，「小黑晚安……不，是早安……算了。」

我忽然想起那個給我聖母墜飾的女人，那個墜子我放到哪去了？這些魚跟她會有關係嗎？啊，如果能把它們都變不見就好了。

摔進被窩裡，可惡，腳的傷口好痛，這幾天的疲累程度超出預期太多，疼啊痛的都是小事，目前休息最重要，晚一點試用一下金先生這裡的浴室洗個澡好了？我稍微伸展手腳，挪了個舒服姿勢，慢慢失去意識……

嗯？誰打開了窗戶？

沒什麼風卻有點冷，視線模模糊糊，我還是從床上爬了起身，起身時身上的傷口不知為何一點也不痛，窗簾不知被誰扯爛，一整團落在床架縫隙，落地窗破了個大洞，玻璃碎片四散飄揚，我怎麼沒聽見聲音？小黑？小黑呢？彎腰探過床緣扶手，應該是小黑蜷縮成團的位置只剩下床墊凹陷痕跡，「小黑？」我出聲喚道，可房間門口毫無動靜，轉過頭，我的肺充滿了冰冷的空氣彷如落入海中。

是該死的魚。

我正要咒罵出聲，但是，不，那不是魚。

牠的眼球就正好對焦在這間房裡，整片落地大窗的空間容不下眼球所有部分，我讀不出他的想法和情感，就像黑洞一樣一點一滴將我吸進其中，是牠，我沒有證據，但是我知道是牠。

除此之外，腦袋一片空白。

「還活著！」

「哇啊啊啊！」

眼球離我過近，幾乎貼在我的虹膜之上，我忍不住大叫，那隻眼球才從我面前迅速遠去，氣味還在這時湧近，是妮娜身上獨有的氣味。

「你幹嘛！」

「確認你死掉了沒啊！睡太熟了吧！」妮娜一點悔意也沒有，雙手掛在床緣，露出半截軀幹，「要出發了喔。」

「妳可以用正常一點的方式……」

完全沒有要聽我說話，妮娜蹦蹦跳跳離開爬梯，落地窗完好無缺，仍不時有大小游魚自窗簾縫隙經過，但天色明顯變亮許多，妮娜就算了，剛剛是在做夢嗎？

媽的怪夢，那頭鯨魚到底是怎麼回事。

還有，我睡了多久？

撐起身體從上鋪爬回地面，後腰有點痠痛，我扭扭肩頸，換上白白準備給我的襯衫和長褲，襯衫有點小，胸口鈕弄緊繃，索性不扣更靠近頸部的扣子，捲起袖管，鏡子裡的人滿臉鬍渣亂髮，該整理一下嗎？不過這樣或許更符合一點探險家的角色定位。

拿起豬鼻面罩，體內器官呈現明顯睡眠不足的狀態，但接下來可能又要好久之後才能再好好睡一覺了。

下樓，滿桌的杯盤狼藉早已收拾乾淨，不見金先生的身影，或許仍躲在廚房裡，尼可和白白都在外頭了，我穿過擺在中央的大桌，將手擺在門把上，外面現在的魚群……吸氣又吐氣，出力壓下金屬握把，緩緩推開。

外頭仍然灰濛濛的，靠近城市的空氣看來也沒多好，魚群在建築物周圍漫遊，沒看到那頭巨大的黑色生物浮在半空，我掛上面罩，往已經發動了的箱型車走去。

「出發囉！」妮娜搖下車窗喊道，車身中段車門自動向後滑開，我抬腿走入，除了裝著繁虹屍體的冷凍櫃，還有搖著尾巴的小黑。

「等一下，小黑也要跟著去？」

「咦？對吼！我都忘記了！」妮娜驚呼，伸手打算拍打白白的肩膀，但手掌硬是停在半空中，「……白白，你去拜託金先生幫忙照顧一下。」

「……嗯。」

白白沒多說什麼，下車繞過車頭，對著仍開著的車門喊道，「小黑，來。」

小黑想也沒想便從車坐椅墊彈起跟了出去，尾巴跟屁股搖啊搖的，大概以為有什麼好吃的在等著他，這麼呆到底有沒有辦法加入狗王他們啊？我坐到還殘留餘溫的位置，湊巧和後照鏡裡的妮娜對上了眼。

「睡得很飽吼！等一下有精神可以辦事了！」她說。

「我睡了多久？」

「欸——大概兩三個小時吧！」

「嗯。」我有點想問她跟白白之間到底發生了什麼事，想了想還是作罷，不要介入太多，小心為上，「門幫我關上。」

「你不問我們白白之間的關係嗎？」妮娜按下關門按鈕，透過鏡子直勾勾盯著我看。

「不了。」我看向別處補充道，「沒興趣。」

「真的嗎——」特意拉長尾音，她的這種伎倆我見多了，對白白可能更有用一些。

「你們等一下要去哪？」我決定轉移話題。

「啊，那邊的袋子，路途中先把屍體小姐裝進去吧！」

順著妮娜手指方向回頭，冷凍櫃後擺著一個超大背袋，幾乎快比我還要高且寬，到時候肯定會非常引人注目。

白白沒有離開太久，從旅社門口往我們走近，悶不吭聲跳上駕駛座，放下手剎車。

「金先生怎麼說？」我問。

「他說好，但是要額外收費。」白白回應。

「反正也不是我們付。」妮娜補充，然後大動作挪動屁股，撲通躺進座椅靠背，「出發！」

車子開始緩慢前行，這裡離城市並不遠，但扣掉那些竄動的爛魚之後，景致更勝空白地帶的荒蕪，我其實不太明白那些都市裡的人在想些什麼，如果我們都同屬一樣地區，為什麼還會有空白地帶產生？空白地帶實際上處理掉了大部分城市無法處理的垃圾和髒污吧，但為什麼又需要邊界檢查哨來控制進到城市裡的人數？

離開座位，我彎身蹲下打開冷凍櫃旁的門閂，將盛著繁虹身體的鐵盤緩緩拉出，白色冷氣流瀉於地，凍得我臂上寒毛一根根豎起，她的皮膚鐵青，一碰就會凹陷下去，我小心將鐵盤擺在車廂地板，藏好跟金先生買來的生魚片刀，伸手將背包拉來身邊。

背包攤開來可以完整放入屈身抱膝的繁虹，我輕輕拉起全身僵硬的她，慘了，完全無法讓她擺成我想要的姿勢。

「那個……妮娜，是不是要退冰一下？我這樣塞不進背包裡。」

「咦，可是我們快要到了。」

「什麼？那麼快？」我抬起頭往窗外看，周圍已經開始出現商家和路人，機車騎士穿梭在車陣之中，沒有看見半隻空中悠遊的魚，這裡就是城市了嗎？

「應該不到十分鐘。」

「你不用擔心會弄壞，他們應該不會檢查全身，手或腳就算折斷應該也不會流血吧？」妮娜事不關己的聲音從前座飄來，聽了讓人莫名火大。

「什麼不會流血，那等一下退冰之後不就整袋血漿？」

「不是，我帶她回去的時候已經放血放光了啊！」

「什麼意思？」我不太能理解。

「為了要在她的身體裡面放那些種子，所以已經處理過了，內臟也都清掉了。」

「那樣我們就直接帶整袋種子上去就好，根本不用帶繁虹的屍體啊！」

「不不不不不，不行。」

「為什麼？」我誠心發問。

「因為頂樓不是每個人都能隨便上去的，我們申請的理由是那個探險家的遺願，所以屍體小姐一定要帶上去。」

「就算是這樣，我就用這個袋子裝上去？太隨便了吧？」

「她是探險家欸！什麼大風大浪沒見過？」妮娜大聲反駁，我的天，我真的不是去送死的嗎？

「不是探險家的問題啊！」

「可是我們快到了說。」妮娜手腳並用，邊說邊從前座爬過來，「你袋子借我一下。」

拉高遞過袋子，「你要怎麼裝？」

「如果上半身露出來應該還好？」

「超怪的好嗎？」我說。

「不至於吧！」她回。

「白白，我需要一副棺材。」我說。

「什麼？」妮娜搶先搭腔，但我完全不想理她。

「白白現在哪裡有在賣棺材？」

「我找一下……」右手在前座中間的屏幕點擊，白白喃喃自語，幾秒之後才放大音量，「有，現在繞過去？但是是禮儀公司，不知道會不會有現成的棺材。」

「對，等一下我下車問問看，妮娜妳乖乖待在車上。」

「蛤——為什麼？」

「先不要把事情鬧大吼。」

「可是……那你有錢嗎？」妮娜抱著繁虹問道，表情無辜，像個犯錯被責罵的小女孩。

「呃，沒有。」我說，一個棺材到底要多少錢？

「對啊，你去講也沒用！我們還是依照原訂計劃……還是整個冰櫃推進去？」

「但是冰櫃進得了電梯嗎？」

「……打擾你們一下，還要去禮儀公司嗎？」白白插嘴，轉動方向盤。

「白白先照原訂計畫。」

「……好，那我們快到了大樓了，下個路口。」

妮娜想也沒想，雙手繞過繁虹脅下，將她整個人提至半空，「推冰櫃進去吧，其他流程照舊。」

「嗯。」彎腰幫忙抬起繁虹雙腿，暫時沒有其他方法了。

重新回到冰冷鐵櫃，暗色車窗外時不時有機車騎士快速經過，他們看不進來，但我的皮膚表層還是微微滲了些汗，櫃子側邊的門沒有拴得特別緊，我和妮娜交錯換位，她負責推開後車廂的左右兩扇門，然後回頭和我將冰櫃撤下箱型車。

車身緩緩轉彎上坡，眼角餘光瞥見警衛招呼我們開到迴轉道中央，我和妮娜戴好面罩，等待車子完全靜止下來。

五、四、三、二、一。

行動開始。

*

搖下車窗的白白負責和警衛交涉，後車廂門朝外推開，陽光唰唰幾聲戳刺而入，妮娜從陽光構成的液體中陡然冒出，腳尖踢開冰櫃輪上煞車，拉動冰櫃後方，我跟著推，推上車尾掀開的升降板，五、四、三、二、一，板底觸地，繼續推，保持鎮定，什麼也不要管。

即使戴著豬鼻面罩，也能明顯感受到都市裡的空氣和空白地帶不同，是某種更輕快但帶著些許黏膩的包覆感，心情意外輕鬆，如果可以，也想要多花一點時間住在城市裡頭，這樣聽起來有點言行不一，我也不知道，到底是什麼時候開始，大家自然而然將這裡分成了城市與空白地帶這兩種截然不同的區塊？

暫時顧不了那麼多，將注意力拉回手邊工作，路上行人稱不上多，但也不是能讓我們恣意妄為的情況，除了前座車門旁檢查證件的肥碩警衛之外，入口自動門邊還有另一個看起來專業許多的強壯保全，他稍稍抬起右手，示意我們停在大門前。

五、四、三、二、一。我在心底默默倒數。

「請出示相關證件與申請證明。」

「好。」我說，從襯衫口袋掏出白白事先幫我準備好的證件和申請書，同時稍微鬆開面罩，「這裡。」

「嗯，我確認一下身分，小姐的也給我。」保全看了我幾眼後，眼神落在妮娜身上，糟糕，原訂計劃裡妮娜沒有要跟我一起進大樓，她應該多少有準備——

「什麼證件？」

幹，不是吧？妮娜雙手在全身口袋裡翻來翻去，抬頭看了我一眼，保全順著她的視線方向，兩隻眼睛同時掃了過來，喂喂喂，這裡不是才第一關嗎？

「沒有證件的話沒辦法進去喔。」保全開口，語氣透著些許不耐。

「有！我有，等我一下！」

「還是我先進去？」我問，果斷拋下妮娜是為上策。

「等我啦！我再一下下就好——」

「我怕趕不及布展。」不理會妮娜裝起聲音的哀求，我朝保全點了點頭，扣回面罩扣環，他稍微側身，右手掌朝上示意我過去，同時將證件交回我的手裡，冰櫃又開始移動，繞過原地跺腳的妮娜，她對著我喊了「不要丟下我！」之類的胡言亂語，我聳聳肩，希望她能明白我為了確保任務完成所做的犧牲。

自動門在身後關上，比預計多花了將近一分鐘的時間，沒關係，電梯應該就在前方。

廳堂配色高雅華美，挑高的拱形天花板垂著數個巨大水晶吊燈，櫃檯橫在左前方兩個入口中間，左邊是一樓大廳入口處，右邊則是電梯位置，每個穿著正式的服務人員全都看似不經意的多瞄了我和冰櫃幾眼，高跟鞋踩踏聲迴盪室內，我盡量不左顧右盼，方向明確往電梯口移動。

五、四、三、二……先是穿著高跟鞋的腿，再來是膝上幾公分的裙子與白襯衫，向我走來的女人頭髮在後腦勺綁成球狀，細框眼鏡後方畫著淡淡妝容，「不好意思，請問需要幫忙嗎？」

「還可以，不用，謝謝。」簡短回答，這種時候不要再有人來添亂了。

「是要上樓嗎？」

「呃，對。」

「那貨梯這邊請喔。」走在冰櫃旁，櫃檯人員領著我走到最外側的電梯，按下上樓按鍵，「請問要到幾樓呢？」

「七十五樓。」我捏了捏冰櫃兩側直角，將位置喬正，「謝謝。」

「不會，」對方露出專業微笑，繼續問道，「是要布展嗎？」

「……對，關於楠的事。」妮娜給的資訊終於有派得上用場的時候了，稍稍扭頭瞥了一眼門口，妮娜的身影似乎還在東翻西找，拜託，希望她不要忽然發瘋，先讓我進電梯吧！

「辛苦了，畢竟發生這種事情大家都不太好受。」

「嗯。」

叮！伴隨音效，電梯門迅速往兩側打開，我順勢推動冰櫃進到貨梯，和一旁的超高速電梯不同，左右兩側的樓層按鈕一字排開，櫃檯人員半身探進門內幫我壓了靠近最上面的一鍵，我又說了聲謝謝，她一樣露出上排八顆亮白牙齒，溫柔說道：「觀景台的展辦在七十四樓，確定要到七十五樓？」

「對。」我堅定點頭。

「好，那我再通知上面的工作人員幫你搬東西？」

「不！沒關係，我自己來就好，裡面的東西有點……呃，精密，我怕他們弄了我自己會搞混。」我的天，我到底要在一分鐘之內說幾次謊？

「好，那祝你們活動順利。」

「等我一下！」

和退出門外的櫃檯人員交身而過，另一個風格和這裡明顯不同的女子竄進電梯之中，不是妮娜那個笨蛋，但她眼部以下戴著面罩，濾氣孔一左一右閃爍著桃紅色的光，不認識的傢伙，這裡是貨梯，她應該知道吧？

「不好意思小姐，如果要比較快上樓，旁邊的高速電梯再等一下就可以了喔。」

「沒關係沒關係，」從胸前口袋掏出一張晶片卡，她晃了幾下後再次塞回胸前，「我也是工作人員，我們坐這個就好了。」

「好的，祝你們布展順利。」

半鞠躬退出感應區，兩側金屬大門安靜闔上，被冰櫃佔去大半空間的貨梯中只剩下我和另一個陌生人，陌生人沒有閒著，先是看了我一眼，轉頭看看冰櫃，再將視線拉回，對焦在我的面罩上。

「這櫃是？」單刀直入。

我知道絕對不能回答屍體，在展區佈置屍體？又不是什麼極權國家的死去偉人要民眾參拜什麼的，有什麼是必須要冷凍的……快，必須在兩秒內回答才不會使人起疑——

「……花，也不算是花，就是某種藤蔓類，空白地帶很多的那種植物。」

「我知道，這幾天在那邊鬧得很大的那種嘛！」

「呃，對……不，也不能這樣算。」我點點頭。有哪裡不太對勁，但我一時說不上來。

「上面好像也能看到？」

「對……對啊。」上面？她在問什麼？我怎麼可能知道上面看不看得到那些暴走的蠢藤蔓？

「啊！不覺得空白地帶是一個很有趣的地方嗎？甚至連去到那邊的探險家都可以被捧得高高的，現在連展覽都有了。」

「有趣嗎……」

我的心情突然有點不悅，若是從都市的角度看過去，這些他們不曾體驗過的東西的確很新奇吧！但他們知道自小生活在那裡，哪裡都去不了的居民的感受嗎？我甚至沒有進過所謂的西式餐廳吃過飯，探險是嗎？每日每日毫不間斷的探險，一不小心就會變得像繁虹這樣，連死後都變成別人的道具，這是你們這些都市地區的人想要的嗎？還是你們只是在玩扮家家酒——

「你那邊有手冊嗎？」她打斷了我的憤世嫉俗，「你喘氣聲變大了，怎麼了？」

「沒事。」我回覆道，在面罩後慢慢隱藏自己的情緒，好險，差點就穿幫了，「手冊？」

「呃，就是，場佈的……工作守則，對，就是那個配置跟細流……」

叮。電梯開門。門外走廊站著一個襯衫男子手提公事包，這裡是四十五樓，才剛過一半。他看了看電梯裡的擁擠狀態，對我們點了點頭，我按下關門鍵，鐵門自兩側緩緩闔上。

話題中止，我沒有繼續答話。

她不是工作人員。

沒有完整證據，但我在空白地帶看的人夠多了，她和我一樣是想趁機上頂樓的人，如果是這樣……刀子藏在冰櫃裡，也不知道她的目的，也不知道她是隸屬於哪個組織的，現在還不是時候，等到觀景台之後再說。

她也沒有繼續開口，雙手合在鼠蹊，我盯著電梯面板規律向上的數字，眼角餘光掌握她的一舉一動，她的氣質不太像空白地帶的人，不過肯定在那裡打滾過一陣子，她也在警戒著我，雖然沒有很明顯，我的身分很可能多少也在她懷疑的範圍之內。

等待會到達七十五樓之後，按照常理跟路徑我得先讓她離開電梯，那段時間是最危險的時候，困在狹小空間哪裡都逃不了，不，不一定，她殺我沒有什麼好處，除非是要佔領整個觀景台……？妮娜給我的情資沒有提到其他勢力會有什麼行動，媽的，妮娜一點都不可靠，還是得保持敏銳。

叮。時間到。

如我所料，她率先步出電梯，回身，站到了門口兩步以外的地方，「需要幫忙嗎？」

「不用……」我說，伸手扣在冰櫃兩角，緩緩將冰櫃拉出電梯，「謝謝。」

而她就站在那等我將冰櫃拖出後才靠上前來，一手壓在冰櫃表層的金屬小窗上。她看不見我的表情，但應該能感受到我一瞬間來不及掩飾的敵視眼神。

糟糕，正中下懷。

「我還是很想知道冰櫃裡面裝了什麼。」

「……藤蔓。」我沒有說謊。

「那我看一下應該沒關係吧？」

「不，有關係。」

她彷彿沒有聽見似的，唰唰打開小窗。小窗裡的餘冷接觸到外面空氣，馬上起了一層薄霧，即便如此，繁虹鐵青色的臉仍能看得一清二楚，怎麼看都不像是藤蔓。

「這是……」

隔著面罩，我還是能聽見她倒抽口氣，不行，我得裝死到底，只差最後一步了。

「紀念特展。」我說。

「不是藤蔓啊？所以裡面的是？」

「蠟像。」

「這怎麼看都不像蠟像吧？這是真的屍體吧？」

「妳……不是工作人員吧？」

這是轉移話題的絕招，她似乎沒料到我會這麼問，愣了愣，慢慢退開冰櫃，「我……我、我先下去幫忙其他人。」

很好。我心裡暗忖，果斷將小窗關上，接下來只要——

嗡嗡嗡

嗡嗡——

火災警報？怎麼回事？難道又是妮娜那個傢伙！

「火災警報！火災警報！請所有人員立即疏散！請所有人員立即疏散！火災警報！火災警報！請所有人員立即疏散！請所有人員立即疏散！」

那個女人似乎也沒有料到這種情況，一時不知所措站在一旁，離我們最近的落地窗下緣開始冒出濃濃黑煙，明顯不是誤觸警鈴，幹你媽的一定是妮娜那個混帳！每次就都是她愛把事情搞得有夠誇張複雜！

頭頂上的灑水設施開始運作，旋轉降下大小不一的水波，我使勁將冰櫃拉到一旁柱子邊，正好是攝影機運作死角，同時對著那個女人喊道：「快離開吧！我先整理一下這裡保護展品！」

「好……好！」她點了點頭，往一旁的樓梯跑下。

好。我也在心裡這樣想，彎腰打開冰櫃外的鎖扣，喀啦喀啦拉出鐵盤，抽出櫃子內側的生魚片刀，由上而下掃視了全身僵直的繁虹一遍，再對焦在她的碰水之後狀態詭異的雙頰與雙眼，接下來要做的事情在道德上不見於人，請原諒我。

不能把所有責任都推給組織，我大不了可以拒絕妮娜跟白白，反正爛命一條，我不幹他們也會去找別人，但是，這是千載難逢的機會啊！讓住在都市地區的人好好體驗一下他們製造出來的空白地帶是什麼感覺，在裡頭生存又是什麼滋味，沒水沒電、隨時都會被搶被殺、不知道下一餐在哪、永遠處理不完的垃圾、無法輕易跨越的管制線、廢墟跟隨時可能崩塌的天橋與路面、邪教、還有那群可恨的魚——

且戰且走，這是必要之惡。

我多等了大概三分鐘，給其他樓層內的人有充裕的脫逃時間，接著抽出利刃，刃面被水打得溼透，噴濺在我的臉上，雙手高舉過頭。

掰掰，都市地區的人們。

刀身直直沒入繁虹心窩，毫無猶豫。

*

爆炸。

終究是慢了一步跳開，腳底板被噴濺急射而出的藤蔓尖端掃過，一陣灼熱自下而上蔓延至小腿，我顧不得痛，連滾帶爬躲到柱子後，可伴著水花的綠色洪流馬上淹了過來，藤蔓生長速度遠比上次被黑斗篷包圍那次還快，再怎麼爬也逃不過它們包圍，雖然這也在預料範圍之內……啊！這該不會就是組織的用意？如果我死在這裡，後續就可以不用再顧慮關於我的問題，說不定連妮娜引起的火災警報都是故意挑在那個時機點！

背部抵著柱子，暫時靠左腳支撐全身重量，右腳的麻痛還沒退去，鞋底膠面被挖了一大塊下來，再差一點點我的腳板可能會直接失去功用，不幸中的大幸，可大幸在前，更大的不幸緊追在後，藤蔓已開始流進左前方的樓梯口，沒有其他地方可躲，我跳著踩過粗細藤條交錯後僅存的窄小地面空隙，抓著階梯扶手往下跑去，觀景層除了溼漉漉的展品外沒有半個人，大家都先行疏散了，滿地紙箱道具散亂，稍微找一下總有樓梯可以通到地面吧！

「呃啊！」

腳被絆了一下，哪個混帳把電鑽和鐵鎚亂丟在路中央啊！

沒有起身的餘裕，藤蔓如大潮湧來將我推至落地窗邊的欄杆旁，我隨手抓起鐵鎚掙扎攀上圍欄，踢開不斷淹過腳踝與膝蓋的溼漉漉綠藤，離原本鋪著深棕地毯的地面愈來愈遠，水勢洶洶，我根本無法逆著藤流往下樓的方向去，源源不絕毫無止盡的植物壓在透明玻璃上，有其他方法能離開這裡嗎？這層觀景台全都是強化玻璃，在藤蔓擴張擠壓破開玻璃之前，我絕對會先被悶死，得先找個破口出來——

杜邊角落！我的下半身陷在竄動的植物之中無法站穩，只得傾身扶著鋼筋材質邊柱，握緊手中鐵鎚尖端對準，啪！噠！碰！有了有了！蜘蛛網狀瘩的裂紋延伸，再多敲幾下就能暫時……幹！掌中的鐵鎚握柄溼滑脫落，淹沒在綠海之中，不是吧！這什麼爛死人的運氣！

藤蔓不給我機會找回鐵鎚，自後腦淹過臉部與頭頂，除了自來水的刺鼻消毒味以外，還有一股難以言喻的濃厚怪味，就像腐爛泥土中初生的反差鮮甜，抽象得難以描述，我吸不到足夠空氣，整個人被往外推去，但在全身緊貼玻璃內側之前，早有另一片粗糙綠蔓捷足先登，交錯纏結鋪在玻璃硬面和我的側邊身體之間。

肺部的氧氣不足，必須更大力將隙縫裡的污濁氣體透過面罩吸進體內，我用力咳了起來，胸膛像是有火把在燒，腰部忍不住蜷曲，但周遭空隙早已被藤蔓填滿，全身上下漸漸無法自由活動，像和碎紙花一同塞進罐裡的玩具人偶，甚至連吶喊求救的餘裕也沒有。

就算用盡腎上腺素放聲大喊也無濟於事吧？眼淚自己從眼角掙脫爬出，該死的生理本能，幹你娘勒，我就要死在這裡了嗎？自從接了妮娜她們的委託之後就衰事連連，早知道就不要貪心想著要多賺一些，媽的，我死了之後他們會好好照顧小黑吧？會把小黑送到狗王那邊吧？自從上次直搗黑斗篷本部之後也沒有時間機會去跟狗王好好聊聊，感覺那個賣情報的就有從中摻一腳，幹，頭好痛，現在想這個也得不到答案，就算得到答案也無濟於事，我就要死在這些爛植物堆裡了幹，而且還是我親自培育出來的，你們這些垃圾果實應該要叫我爺爺吧？

即便知道自己快死了，我的手還是半自動地在靠近玻璃的地方亂撥亂扯，被我拉開的藤蔓後隔著玻璃能看見下方幾百公尺的地面建築物，所見範圍逐漸變小，我現在才知道護城河這個詞取得多麼貼切，那條河的色階明顯比前方城市黯淡許多，這個方向正好，再過去才是空白地帶——

不知道是由什麼構成的黑色佔據最後出口的亮光，出現在玻璃之外的東西似乎在緩緩移動，但我無法真正肯定，我猜又是那頭黑色鯨魚，每次都是祂，我大概是真的快死了，連那頭鯨魚都出現了，就跟在金先生的店做夢時看見的一樣，由外而內入侵的幽暗情緒甚至比我自身的恐懼還濃厚，瘋狂、憤怒、悲傷、苦痛、憤恨、憂鬱、躊躇、焦慮、輕蔑、無奈、疲憊……

啪滋啪滋。什麼？什麼聲音？一陣劇烈蔓浪從後方猛然推來，不只是藤蔓相互摩擦時的悉悉簌簌在腦中愈來愈強烈的迴盪，還有另一種高頻的碎裂聲像錐子般直直戳進耳道，不只吸不到空氣，耳朵也不放過嗎？我的全身已經沒有力氣多做掙扎，那是種瞬間的能量用盡，我甚至連縮成一團也辦不到，目光能及之處逐漸模糊，黑色沙粒從視閾周圍往中間包圍靠攏，貧血的症狀，啊，終於到最後了。

如果真的要說有什麼遺言的話，我想大概是沒有好好跟小黑告別吧，最後還是白白拖牠回去金先生的店，我連車窗都沒搖下，至於其他的一切就算了，全部都沒有意義，就像我存在於這個社會的意義一樣，真是爛透了幹你媽的。

如果能夠重來，我絕對不要出生在這個早就被決定好未來的——啊啊啊啊啊啊！

心裡嘀咕的話還沒有結束，整個人忽然被彈出窗外，搞不清楚是我撞碎了玻璃還是玻璃終於承受不住不斷膨脹蔓生的藤蔓，總之我向外飛了出去，沒看到那頭黑色鯨魚，反而只有無數藤蔓在我下方恣意竄動，不是第一次被甩到半空之中，這種事情我還是有點經驗的，姑且算是得救了，至少不會窒息而死對吧？至少可以……不不不不對，我忽然意識到大事不妙，這次跟之前不一樣，這裡可是七十四樓的高空啊啊啊啊！

下墜的速度比我腦中思緒還快，我胡亂抓扯擦過身邊的藤蔓，可每條藤蔓上沾染著火災警報器灑出的冷水混雜髒污，滑溜的不得了抓也抓不住，我在垂直與水平交錯的藤蔓上翻滾碰撞，失重感惹得我頭暈目眩，根本還來不及痛就要死在地心引力上了，到底是哪種死法比較好，突然讓我選擇我也是選不出來的啊！

碰！後腦猝不及防撞上了其中一條特別粗的綠藤，疼痛這時才正式襲來，身體因為翻滾而上下顛倒，有什麼勾住了我的腳踝，將我整個人甩往一旁，摔進網狀的藤蔓之中，可惡，我伸手亂揮，終於緊緊抓到了一條水管粗細的條狀物，可慣性使得我移動的軌跡持續進行，我勢不可擋的撞進建築物之中，指掌鬆脫飛出，但雙手沒來得及完全護住頭部，頭頂肩頸左右亂撞，不知道在地上滾了幾圈後才一頭撞上某個溼搭搭的沙發椅旁停下。

心臟撲通撲通狂跳的力度幾近從胸膛撞出，豬鼻面罩完全撞爛了，看起來連戴也不能戴，我側身吐了滿地，天花板仍不停灑著水，剛剛那一扯似乎有點拉傷右腿內側，我試著伸直右腿，這時才看清楚腳上纏著條粗繩，繩子底端則綁著一個小小的保溫瓶，瓶裡裝了大約半滿的水，好用來增加投擲距離。

是妮娜或白白扔過來的嗎？應該不可能是白白，我不確定這裡是幾樓，但這樣的飯店房間樣式應該也是三十樓以上，妮娜會在引發警鈴之後趁亂跑到比這裡還高的樓層，就只為了救我嗎？這一點也不合邏輯，也不像是她的作風，而且組織應該也做好捨棄我的打算了吧！之後會不會再見到她們可都還是未知數的說。

那會是誰？我撐著沙發側邊扶手爬起身，右腿是真的受傷了，幸運的是還可以走動，只是某個角度會特別不舒服，其他地方的擦挫傷暫時也管不了那麼多，襯衫側腰的部分破了一條特別大的裂口，可全身溼透的情況下也難以確定傷口有多深，且戰且走，現在可是還身處暴風圈的中心。

時不時有玻璃爆裂的聲響自上方傳來，再過不久這裡也會被藤蔓也吞吃殆盡，現在這種情況也無法搭承電梯，我繞過房間玄關旁的小冰箱，拉開房門，走廊一片死寂，沒有半點外頭的光線透照進來，和我住的那棟公寓危樓一樣飄散著差不多的霉味，可氛圍卻全然不同，像是某種我這種人永遠無法觸及的高貴開始崩解的剎那一般，心中暗自得意的同時又有些出乎意料的違和感與捨不得，地板上鋪的絨毯吸飽了水，每走一步便從鞋底輪廓四周湧出噴濺，這整棟大樓要價多少錢啊？把全身還堪用的器官都賣掉是不是也還不完？

算了，趕快找到出口後再來考慮後續，我轉過幾個轉角，每條廊道都長得萬分相似，那些送酒水的服務員一開始絕對會暈頭轉向，我多花了好一段時間才終於在某個像是建物邊角的位置找到逃生門，使勁推開後鐵門，似乎是許久無人使用，門口周遭之外的地方顯得格外乾燥，地上與扶手積了層灰塵，樓梯一路向下對折再對折，我望向玻璃窗外，窗外只剩下幾絲微弱光線落下，藤蔓向下生長的同時也橫向茂密，不知道這棵軀幹是鋼筋水泥的巨大樹會長成什麼模樣。

下樓速度比橫向移動還迅速，雖然確實在向下移動逃離藤蔓災禍，可腳傷的關係，我不敢過度用力，一跛一跳之下反而增加了更多心理上的負擔，明知樓梯總會有盡頭，幸運的話甚至能直達一樓——不，不對，我該繼續往下嗎？警察跟消防應該已經開始展開救援行動了，如果碰見他們，送醫治療完畢之後絕對會直接送警察局吧？這麼誇張的事情一定是朝恐怖攻擊的方向偵查，無論民事還刑事都是吃不完兜著走，原先腦中滿溢沸騰的熱血忽然冷卻了下來，雖然是爛命一條，可要照政府的程序一步一步拖拖拉拉的，我肯定會先悶死。

轉角平台的牆上印著數字37，再下去要不得換另一座逃生梯，要不就是直通一樓地面，有別的方法可以從這裡離開嗎？我記得妮娜給的設計圖上音乂一般分岔的南棟旁就是自由閱覽室，那部分規劃成辦公室用途，北棟則是住宅區，如果從住宅區離開，藉機混入住戶人群之中，可行性應該比較高，只是不知道一樓會不會全面管制，可惡，現在這樣根本是被兩面夾擊，還有哪裡可以逃出去？

「嗯？」

忽然有條粗繩自上頭落下，自源頭處兩三次不規則用力扯動之後，繩索的晃動方式忽然換作繞著中心的小幅度迅速旋轉，有人打算從上層直接垂降下來嗎？我後退了一大步，先行將逃生門拉開，做好逃跑準備，會這樣登場的肯定不是正常人類。

有可能會是妮娜嗎？如果是妮娜，我應該把她定位在敵人還是同一陣線？我想起她跟那個賣情報的在我面前交換條件，還是不能相信她吧？那我更不能被她發現我還在這裡，這層應該還是飯店，暫時躲藏一下想想後續辦法也好。

往泥濘般軟爛的地墊一踩，整個身子還來不及彎過門柱，那人已經滑進我的眼角範圍之中，登山靴、滿是口袋的工作褲、露出腰部的短版運動上衣、麻繩帆布背袋、以及濾氣孔閃爍桃紅色亮光下半臉面罩——

慘了，沒想到出現的是整起藤蔓事件唯一的證人。

我該怎麼辦？

＊

即便通道寬敞得能夠容納兩台送餐車並排，以我現在的身體狀況也完全逃不遠，那女人身上似乎一點傷也沒有，俐落越過樓梯扶手站在我面前，手邊沒有任何可以當武器使用的器具，接下來等著我的到底是監獄還是地獄？

「妳……」原本想先聲奪人，可我什麼也說不出來。

「又見面了，恐怖份子先生。」

「……」她說得沒錯，我無可辯駁。

「身體還好嗎？你們當初沒有計劃好怎麼逃跑嗎？」

「妳是誰？」我問。

「還能走下樓那應該是沒有大礙，」一邊說邊經過我緊繃的身側，她似乎游刃有餘，在這種大難臨頭的情況下一點緊張的神色也沒有，「告訴你應該也無所謂，我起先還有點嚇到，想說竟然有人想出這麼有趣的事情……我是你們很熟的人喔！」

很熟的人？是組織那邊派來的嗎？同時出動另一組人馬監視我們的行動，事成之後再除掉我們……電影好像都是這樣演，邏輯合理無誤。我跟著她的動作轉過身，腳跟悄悄後移，等等必須抓準機會，等她離我遠一點之後再藉機逃跑。

「再往下一層是機房，死路一條，要換樓梯才能下去，你往那邊回去是想不開了？」

「……」她怎麼知道我在想些什麼？

「好啦你不猜嗎？直接公佈答案。」

「……嗯。」我點點頭。

「我是楠。你們假扮死人的那個楠。」

「什麼？」

我忍不住驚呼，這種超出預期太多的發展根本已經搞不清楚到底是妮娜要搞我還是老天爺看我不順眼，如果眼前這個看起來能幹俐落的傢伙是楠，那她背後是誰在支持？她的目的又是什麼？我對於她的了解僅限於妮娜給的那篇報導：多次出入空白地帶的廢墟探險家，除此之外一無所知，更何況報導中的死訊還是錯誤的訊息！

不管如何，還是要先確定對方意圖才是，可問題是，以我現在的體力跟腦力，有辦法從她身上問出什麼嗎？

「妳不是……死了嗎？」

「我現在可是活蹦亂跳的，而且那篇報導還是我本人寫的。」

「你本人寫的？妳臉上的刺青勒？」

「那也只是拍照時暫時畫上去的，想說這樣比較能混淆大眾記憶，邊走邊說吧！我們現在姑且算是在同一條船上，」她向天花板指了指，「現在的狀況其實有點危急。」

沒有別的選擇，既然這座樓梯再往下是死胡同，我也只能先跟上眼前這個自稱是楠的女人腳步，同時等待機會脫身，「所以……」

「這樣說好了，這座城市——應該說這整個社會太無聊了，所以身為一個探險家，想說來做點有趣的事情好了，就跟幾家報社還有新聞台一起弄了這個企劃，想說在展覽最高潮的時候再忽然冒出來，嚇大家一跳，今天只是臨時起意來探勘一下現場，沒想到直接被你們給毀了。」

「……為什麼？」

「為什麼什麼？」

「這個……企劃？」我不太懂她的心態，雖然有點想問探險家這個稱號是她幫自己冠上的還是別人給的，我忍住說廢話的衝動，讓她繼續說下去。

「算是用自己的方式來改變一下大家的既定認知吧？」

「既定認知？我……還是不太能理解。」我們的對話有在同一個水平線上嗎？

「啊？這很難懂嗎？就像你們在做的事一樣啊！只不過你們是恐怖份子，我是推動社會進步。」

「啊？怎麼會差那麼多？」

「假裝自己死掉跟把整棟大樓炸掉是不同層次的事吧？」

「也是……」我這時才注意到她在指稱我的時候都是用複數的「你們」，難不成她知道些什麼？我開口繼續問道：「為什麼是我們，不是我？」

「你只是棋子吧！像是象棋裡面的兵或卒之類的，為了某種目的而存在，而且死了就算了那種，」她背對我伸出左手小指前後晃動，「你能活下來一半是運氣，另一半是因為本楠剛好在場。」

「本楠？」

「就是我。」

「……好，」我們一前一後轉過彎，她的腳步比一開始還快上許多，我們頭頂樓層們發出的擠壓破碎聲也愈加頻繁，「所以那條綁了保溫瓶的繩子是妳拋過來的？」

「對啊！你趕我下樓的時候我就多少猜到大事不妙了。」

「那為什麼要救我？」

「為什麼？可能是雷達告訴我救了你之後會有有趣的事情發生吧？」

「雷達？」我真的越來越不懂這些不斷出現的新詞彙了。

「讓我成為探險家的東西。」她轉過頭來，即使戴著面罩，我似乎也能看到她露齒而笑的神情，「你的豬鼻勒？」

「壞了。」

「我有備用的，你先頂著用。」伸手進身側帆布袋，她扔了個同樣只罩住下半臉的面罩過來，面罩在我手中彈跳了幾次才穩穩握住，樣式和她的一樣，差別只在於兩側濾嘴規律閃爍的綠色光線。

「呃，那，妳接下來要去哪？」我問，調整面罩頭帶鬆緊。

「這要問你吧？」

「什麼意思？」

「如果你是從空白地帶來的，下一步應該就是逃回空白地帶吧？同時跟捨棄你的那些雞掰人做個了斷，光用想得我就興奮得受不了——所以當然是跟著你一起行動啊！」

神經病。我在心裡悄聲嘀咕，雖然還不能百分之百信任她，不過現階段的確需要有人能幫我逃出生天，她說得沒錯，在城市這裡我也沒地方可去，小黑還在金先生的店裡，希望組織那邊不要做得那麼絕，連小黑的存在都要抹去……我甚至有點懷疑狗王到底能不能信任，進攻黑斗篷據點那次他到底有沒有和賣情報的串通好也是未知數，算了，之後再說。

「但是我們現在要怎麼……」突如其來的尖銳聲響阻止我繼續說下去，一時找不到響聲來源，我左顧右盼了好一陣，才發現楠指著我的褲子左邊口袋，我伸手一撈，從底部掏出個金屬小墜飾，不只發出噪音，聖母的雙眼也閃爍紅光，就像裡頭骨架裝著魔鬼終結者一樣。

是那個遮住眼部的奇怪女人給的，我記得她能把那些爛魚變成其他東西，但為什麼是在這個時候響起？這件事情也跟她有關聯嗎？

「啊！原來你也有邀請函。」

「什麼邀請函？」我抬起頭，掌中的墜子又響了幾秒才終於停下，可聲音剛止住，馬上又有頻率和音高一模一樣的聲響迴盪，只不過這次音源來自楠胸前的項鍊，我仔細一看，才發現那條項鍊的樣式和我手中的極為類似，只不過我的聖母像是雙手抱胸，她的則是微微張開成擁抱姿態。

「晚一點有時間再解釋好了，來，走這裡。」

看著楠抬腳踹開其中一間房門，我跟著走了進去，房型和我摔進的那間不同，玄關後的床鋪旁直抵陽台，可透進來的光線一點也不合理，我們就像身處在一棵超巨大的樹下，隨枝葉搖擺忽明忽暗。她拉開小陽台落地玻璃門後留了一個位置給我，藤蔓快速生長的聲音像是蛇類在地上爬行放大數百倍，陰影不斷擴散，完全沒有止息的勢頭，妮娜那個瘋子到底在繁虹體內塞了多少顆果實啊？而我們的下方好幾輛消防車、警車與救護車停在周遭蓄勢待發，封鎖線拉了起來，果然如我所料，下到底層的逃離難度反而會增加不少。

可現在的問題是，要怎麼從中間離開？

「那個……你有滑翔翼或飛鼠裝嗎？」我向楠問道。

「沒有。」再次將帆布袋打開，她從裡頭拿出一條手臂粗細的童軍繩，兩端各是一個金屬扣環，看起來就像是某種克難的登山攀岩器材。

「這是什麼？」

「你還有力氣多撐一會嗎？」

「欸不會吧……這裡是三十七樓欸！」大事不妙，以後還是離探險家遠一點好了……如果還有以後的話。

「也沒有別的辦法了吧？來，拿著。」

「不，這樣下去我會死吧？」

「你本來就該死了。」

「啊？」

「如果沒有我，你現在也不會有可能死第二次的機會。」她說得信誓旦旦，乍聽之下邏輯完全沒有問題。

「……對，啊？是這樣嗎？」

「不過我暫時也不會讓你死啦，你死了就少了很多有趣的東西了不是嗎？我也想認識一下你們那群的其他人。」

「嗯……那現在要做什麼？」

「現在就等吧！」

「等什麼？」

「等藤蔓淹沒我們的那個瞬間。」

＊

有時候我會想，自己的體質還八字命格什麼的是不是出了什麼問題，導致時常會有一些莫名其妙或峰迴路轉的事情降臨在我身上，前面的事就不多贅述了，現在則又來到另一個人生轉捩點，當然，和之前一樣，我一點其他的選擇也沒有。

童軍繩兩側釦環一邊繫在楠的後腰，另一邊則在我的腰上纏了幾圈後打結扣緊，我們兩人站在陽台欄杆狹窄的平面上等待，我完完全全不敢將視線放低於水平以下，三十七樓的高度只要突然一陣強風襲來，稍微重心不穩，我們就直接下課不用玩了吧？

「你的腳在抖欸！恐怖份子的尊嚴呢？」楠忽然開口，除了面罩之外，還戴上了一個護目鏡。

「正常吧這裡那麼高。」我說，忽視她的刻意挖苦。

「早知道就多帶一個護目鏡可以給你用，不過現在也來不及了。」

「不管來不來得及……只剩下這個方法嗎？」

「什麼方法？」

「逃離這裡的辦法。」

「應該吧！」她稍微想了想，綁著鉤子的長繩從腰側延伸，在她的虎口處轉啊甩的，蓄勢待發，「也沒有時間想別的方法了，等一下聽我倒數，我說跳就往前用力跳。」

我點了點頭，抬頭往上方看去，傾瀉而下的墨綠藤蔓迅疾兇猛，從深綠之中穿刺而出的藤蔓尖端就像某種外星生物的觸手，以難以想像捉摸的不規則律動不斷向下侵略探尋，藤蔓與藤蔓之間彼此擠壓摩擦竄動的聲響愈來愈密集，鋪天蓋地而至像是數以萬計的蟲子們傾巢而出，皮膚表層克制不住起了雞皮疙瘩，彷彿抗拒待在原地一般一顆顆凸起，我知道就快到那個瞬間了，沒有時間回頭修正策略，楠的性命跟我繫在一起，這好荒謬，我明明前一刻還在電梯裡拼命質疑她的立場跟動機，但現在的我只能暫時全然相信她。

聲音先抵達穿透，如大貨車般的轟然巨鳴呼嘯，自左側斜上方迅速戳刺而來的藤尖以肉眼難以追上的速度擦過我們面前，楠那個傢伙壓根兒沒有倒數，她口中吐出的「跳！」字來不及完全穿過耳道傳進腦中，我們兩人便一前一後被扯了下去，下墜速度比十分鐘前自景觀台落下時更快，所有的景物混在一塊甩向後方，強風吹得我睜不開眼，胃液翻攪湧上喉頭，只能緊緊抓著腰前的童軍繩祈禱繩子足夠牢靠，以及祈求楠的膽量和技術超人一等，身邊所有一切都快得不得了，失重感擠得心臟像要跳出胸膛一般，我不確定經過了幾秒，如果就這樣死去說不定也是好事，在我意識過來之前就失去意識——

「抓緊了！快到了快到了！」楠的聲音從上方傳來，藤蔓的生長速度終於緩了下來，風勢漸弱使我得以撐開雙眼，看來我下地獄的時間還沒到，可我一點也沒有興致欣賞高處風景，頭暈目眩，身體每向前晃動一下，就會差點撞上楠的靴子後跟，我只得全神貫注在緊握繩索的雙手手臂，沒有多餘氣力回應她的叫喊，幾棟特別突出的建物自身旁經過，密密麻麻的房屋頂樓離腳下越來越近，這裡已經離我們原先的所在之處兩、三百公尺遠，再過幾十秒應該就得開始閃避迎面而至的水塔與太陽能板了。

「準備，我們在那個看板那裡下車！」

「呃啊！」

我猜我自己的準備時間定義和楠的肯定相差甚遠，原本往斜下方的衝勁在她解開扣環之後忽然被另一股力量垂直往下的取代，楠算得精準，正好落在頂樓平台，流暢翻滾卸掉衝擊，但被綁在後方的我就沒有那麼幸運，身體側面撞在廣告看板上，剩右手指尖抓緊扣住牆垣，該死，就算只有七、八樓的高度，全身鎧甲的人掉下去也會死的啊！

指節很快就失去耐力，我試著往上伸出另隻手，可全身又酸又痛，快來救我啊臭探險家！拜託妳了！

「來！」就在我即將放手之際，楠終於冒出上半身雙手抱住我的手肘，像從土裡拔出蘿蔔那樣，雙腳抵在牆垣上向後用力躺去，將我撈回灰色粗糙地磚的頂樓。

我這兩天到底都經歷了些什麼？腎上腺素這樣升了又升身體不會壞掉嗎？汗水這時才從腋下與臂窩流淌到手背，胸口與背後既熱且溼了大片，胯下也是差不多狀況，緊繃的肌肉忽然放鬆下來，彷彿如釋重負之後的虛脫感擴散到血管末稍的每一個細胞，我跪趴在地上雙手撐地，遲遲無法起身。

楠解開了身上的繩索，俐落在手中收納纏成橢圓狀，「你也解開吧。」

我試著迅速照做，可手指不聽使喚的顫抖，改換姿勢開腿坐在地上，天空的顏色仍是淡紫，但已被切裂分隔成無數碎塊，猛獸般蔓生的藤蔓綠得猙獰，轉頭，那座倒過來的音叉狀舊大樓早已跟原本外觀全然不同，像被某種外星生物給寄生似的擴張蠕動，看起來既不像樹，更不像是這座光鮮亮麗的城市該出現的光景，既醜陋且噁心，如果是要達到某種政治意味上的宣示，在視覺上絕對更勝於將整棟大樓給炸掉。

心情忽然有些複雜，雖然已不關我的事，可是這團混亂最後到底該怎麼收拾？若是每一顆果實都能吞噬掉一棟三四層樓高的建築，以我對妮娜那個瘋子的了解，這波災害不會那麼快就結束，時不時有消防車與救護車警笛聲摻雜汽機車喇叭傳來，又坐了幾分鐘後，我終於能撐起身子稍微活動一下四肢，右腿肌肉仍然緊繃不已，但應該還能撐一段距離。

「能動了嗎？」楠問道，等待我的期間她也沒閒著，朝四周勘查地形同時整理手邊裝備，看上去確實經驗老道。

「可以。」我回。

「你接下來打算往哪裡去？」

「金先生的店，但我不知道該怎麼走，城市這裡我不熟。」雖然不想跟她繼續一起行動，但接下來還需要她的幫助，必須再忍耐一下。

「金先生是護城河那裡的旅店嗎？」

「對，妳也知道？」

「金先生的店誰不知道？我知道怎麼去，但過了護城河之後的空白地帶多少就得靠你了。」

「好。」我盡量讓聲音裡多一些自信。

「是有東西放在店那裡嗎？」

「東西嗎……小狗算東西嗎？」

「哇，帶著小狗復仇，太有趣了太有趣了。」楠的眼角瞇成一條線往上勾起，看起來像真心誠意地感到高興。

「我們怎麼過去？」我不打算隨她起舞，畢竟立場不同，我也不像她一樣隨時可以退出喊停，不過，等找到小黑之後，我就不跟大家一起攪和了，先找個地方躲起來為上。

「你的身體狀況應該沒辦法在頂樓跳來跳去，我們先下到地面。」

頂樓鐵門沒鎖，我們一前一後順利進到陰暗的公寓樓梯間，下樓路線窄小曲折，繞了好幾圈之後才看見掛滿信箱的一樓大門，大門大喇喇敞開著，外頭人群竄動奔跑，每個人都試著用自己的方式遠離藤蔓爆炸中心，路面交通亂成一團，再過不久威脅眾人安全的應該就是衍生的車禍、火災以及趁亂打劫了。

幾個小時前心底對城市的那一絲絲嚮往現在蕩然無存，那應該也不能稱之為嚮往，而是某種根本不同於空白地帶的進步讓人不由得感到舒適，沒有那些討人厭的魚，也不用擔心隨時會有生命危險，這些都是空白地帶無法享有、他們都市人卻習以為常甚至感到厭煩的事。

說也奇怪，發生了這一連串的事件後，照理說應該要洋洋得意的。

藉著莫名其妙的植物恐攻成功毀掉都市的象徵建物，雖然只是舊大樓，但畢竟也是城市裡數一數二的高聳地標，對組織那群人來說應該已經稱得上是傳奇事件了吧，那組織的下一步是什麼？和政府談條件？重新開啟空白地帶的邊界？

的確該讓這些都市人嚐點苦頭，擅自將我們劃進地圖上不存在的空白地帶裡，擅自將空白地帶作為垃圾處理場，又擅自劃分邊界隔開彼此，可真正有問題的是他們嗎？是這個摔在人行道上的老人還是那個眼妝全哭花的女孩子？向政府宣戰的同時把這些平民百姓都捲進來是正確的嗎？

不，他們全部都有錯，這無可置疑，可是，城市裡也有處在底層的人吧？說到底最後焦頭爛額的都只是我們這些在底層苟活的人吧？

光是想到那些決策者可能一點也不會受到影響，我的心情就好不起來，更之後的追殺清算我不敢多想，現在的首要目標是去接小黑，然後想辦法避開其他人耳目回到空白地帶，最後找個無人的所在繼續活下去。

走在前方的楠領著我避開眾人雜沓穿進防火巷中，冷氣機滴落的水珠各在兩側牆邊地上匯聚成窪，底部轉彎是另一條寬一些的小巷，幾台機車貼著牆停靠，她左顧右盼，選了台樣式老舊的車推了出來，接著從背袋裡撈出支像是萬用鑰匙的東西，搭配另一支細鐵絲，三兩下就發動機車，一屁股坐上坐墊，彷彿天生就是幹這種勾檔似的。

「這是妳的車嗎？」

「這種時候也不用分什麼是誰的了吧？大家都快死了。」

也是。我爬上後座，雙手握緊車尾扶手，車子引擎的震動比想像中還弱，緩緩朝巷口移動，在不斷逃跑後能暫且稱得上舒服地坐著，真的得感謝前座的楠，頭頂縫隙透下來的光忽明忽暗，無數條狀物迅速流動而過，越來越多藤蔓鋪蓋而來，我正打算開口要楠騎快一點，天空的縫隙間卻忽然有黑影竄動，和早就看膩了的藤蔓不同，是屬於完全不同範疇的型態，像是生物，卻又令人噁心反胃。

那個是……魚嗎？

從一抵達一百需要多少時間？

＊

無論是使用什麼單位來計算，我所處空間的人事物對於這句話的概念已超出我的預期太多，可能是機車儀表板故障，慌亂之中的驚鴻一瞥是指針卡在數字一百瘋狂顫抖，我們在車陣與人群中蛇行穿梭，左壓右拐，老邁引擎的哀號聲蓋過其他市民的咒罵驚呼，我們背後是海嘯浪頭般高過建築物的綠色蔓潮，迎面而來的則是大小不一的各式魚類在半空竄逃，且不僅只是遠離地面，許多大小魚類撞進了窗戶與地面上的交通工具，都市裡哪來這麼多魚？這真的是世界末日了吧？劃分空白地帶與都市的護城河界線已漸漸模糊，車禍連連，四處都是一片混亂，呼嘯而過的建築物外觀由新到舊明顯呈現在眼前，每個逃難的都市人想法都差不多，越來越多車輛堵在車道和路口，不得已的情況下，我們速度終於慢了下來。

楠一點也沒有在管交通規則，決定將車騎上了人行道，我聽不太清楚她口中碎唸些什麼，車身忽然急煞向左傾倒，我全身重量往前擠壓在她的後背，兩個人摔上停靠在車道外側的小客車車門，我罵了聲幹，眼角餘光掃見大片皮革材質似的深灰撲面而來，最後一秒才改動方向往上方游去，長尾尖端掠過我們鼻尖，可惡！是隻大魟魚！

倒在地上的機車引擎仍運轉著，熱氣陣陣蒸騰穿透空氣，我沒有心思顧及這台老車以及它的主人感受，不只有我們被這些魚類突如其來的舉動影響，街口轉角探出隻小發財尺寸的黃色河豚，忽然膨脹成原先體積的數倍，鏟翻了好幾台汽車；七八隻冷氣機大小的鬭刀自後方巷子裡依序游出，下方尾鰭刮搔塞在路上的每一輛汽機車烤漆；好幾公尺長的陽燧足手腕吸附攪動，清空附近區域……

「接下來開始用走的。你的腳還OK吧？」楠稍稍扭過頭來詢問，嚴格說起來不算是詢問，我們也別無選擇。

「還可以。」我說，果斷拋下交通工具，轉進離我們最近的巷子裡，可走沒幾步，馬上有像是小丑魚的群體從我們來的方向湧入，倒也不像是慌忙竄逃，反而更像自由悠遊在海中之感。

太奇怪了，以往在空白地帶遇到危機，這些爛魚都是跑最快躲最快的，怎麼現在會是反過來，大把大把的魚反而湧進市區？不僅如此，那些魚類的體長是不是都有變大的趨勢？空白地帶的魚有這麼誇張嗎？

「有哪裡怪怪的……」望向蜂擁而至的條紋魚群們，楠似乎也發現了怪異之處，她領著我繼續走，巷弄曲折且高低起伏，我的體力有點不支，氣喘吁吁試著跟上楠的腳程，兩側牆面無法完全隔絕外面街區不停傳來的眾聲混雜——尖叫聲、車輛鳴笛、藤蔓竄生、還有更遠處的爆炸聲響，明明身在同一處，卻有種莫名超脫的感受在心中盤旋，彷彿這一切都隔了層泡泡與我們無關似的，直到從街區的另一側踏出，真實感才又再次降臨衝擊，雖然我沒有親眼見過，但這就是空白地帶形成之初的樣貌我猜，只不過又再次重演。

這裡的景色我還保有印象，馬上就能抵達金先生的店了，歪曲的路燈燈桿和窗口破碎以外是各種各樣的魚類，黑鯛、紅杉、馬頭、皮刀、四破魚、魟、狐鯊、銀鮫……還有各種我叫不出名字的魚類，生存區間無論深淺全都混在一塊了，噁心感從胃裡湧起的時機不對，可我沒有多餘體力忍耐，扯開面罩，哇啦啦吐在一旁水溝蓋上。

「你還好嗎？快到了。」

「……還可以。」

「你剛剛有撞到頭嗎？」

「沒有，」我起初有些猶豫，可都到這種時候了，「我會怕魚。」

「什麼？怕魚？空白地帶的人會怕魚？」楠的聲音裡充滿難以置信。

「就字面上的意思。」

「我有聽過怕壁虎怕蟑螂的……你是那個什麼恐魚症的？」

「大概吧，魚類恐懼症之類的，我也沒看過醫生。」我擦了擦嘴角，襯衫早就髒得不像話，許多處破洞連連，可惜我的身材不夠好，不然脫掉反而更適合活動。

「那就只好拜託你再撐一下，下一個街區就到了。」

「好。」

拔腿繼續啟程，楠沒有選擇較空曠的那條直線路徑，反而是沿著建築物繼續繞行，各種魚群自我們頭頂經過，似乎不把我們放在眼裡，更高處是生長範圍已到極限的藤蔓末梢，雖然還能聽見藤蔓表層四處摩擦的聲響，不過應該已經不構成威脅，我忍住胃部翻騰的不適感低頭前進，店門口的金屬厚重大門就在前方不遠處，小黑，我馬上就來接你了。

門口果然不見白白開過來的那台箱型車，楠這次加快腳步直接穿越空地，伸手拉開大門，門內家具擺設依舊，可小黑沒有前來迎接我，依牠那隻小狗的個性怎麼可能沒有衝出來又叫又跳？有股不祥的預感盤繞胸口，楠看了我一眼，先說了句「小狗呢？」後對著廚房門口的布簾抬高音量，「金先生在嗎？」

沒有回應，我們互看了對方一眼，各自往前移動了兩步，布簾後這時才出現一雙男人的腿，像在泥濘中蹣跚行走，腳步聲既長且響，每一步都走得又重又沉。

粗糙手指掀開左側簾襟，手掌之後青筋遍佈延伸，「什麼事？」

楠轉頭看了我一眼，將話語權拋給我，我的聲音比想像中更加緊張，每一個字尾都在微微顫抖，「寄放在這裡的小黑狗……」

「抱走了。」

「抱走了？」

「在我趕到這裡之前，白白就來抱走了。」通往樓上的樓梯間木門開啟，是熟悉的面孔和嗓音。

「幹！你怎麼還有臉——」怒氣直升頭頂，我踏出右腿想衝上前去，但金先生半個身體探出門簾，阻擋我通往那個混帳的路線，連金先生都跟他同一夥嗎？我現在沒有辦法認真思考，只想痛揍那個賣情報的一頓！

「收屍體的你先別急著生氣，我也是受害者。」

下樓，那個賣情報的仍然一副從容自適的樣子，金先生伸出的手幾乎快觸碰到我的肩膀，他看起來氣勢十足，我無法輕舉妄動，媽的勒總有一天真的會想辦法蓋那個賣情報的布袋。

「什麼受害者？」這次換楠開口。

「嗨，我們的冒險家楠，我們應該沒見過面？」

「你是？」

「你少在那邊岔開話題。」我沒好氣地說道，打算從楠那一側繞過去，可金先生的眼神嚴厲且冰冷，手指朝著桌子輕點兩下，要我先坐下，他露出布簾來的上身肌肉結實緊繃，如果我再繼續生氣下去，我會被他殺掉吧！可惡！可惡！可惡！

「我是空白地帶負責經手一些資訊流動的人，叫我蹄仔就好。」

「蹄膀的蹄嗎？」楠問道，將面罩拉下掛在胸口。

「沒錯。」

「真是有趣的名字。」

「我常在換名……」

「你要回答我了嗎？你是什麼受害者？」我插嘴，想辦法克制怒意。

「你別那麼生氣，等我講完幾件事情你就知道自己要站在哪一邊了。」拉開椅子，賣情報的一屁股坐下，「你們也坐吧！在金先生店裡的支出都讓我來就好。」

「真的嗎？」楠的雙眼發亮，也拉開身旁椅子，「金先生請問還有湯嗎？」

「馬上來。」

低聲回應，金先生又隱沒在布簾之後，餐桌旁剩我還站著，現在是痛揍賣情報的好時機吧？但理智告訴我先聽完他的說詞再決定下一步，我伸手拉開椅子，如果大腿沒有受傷，我死也不會和那個賣情報的同桌。

「要從哪裡開始說起呢……楠妳應該不太清楚一些事情，不過現在情況有點緊急，我就挑重點講，妳有問題等我說完再問，收屍體的你也一樣。」

「好。」楠朗聲回答。

「不要，你先跟我解釋為什麼白白他們回來拖走小黑。」我說。

「我沒遇到他們，我來的時候他們已經走了。」

「這一點也不合理，他們又繞回來只為了多帶走一隻不受控的小狗？」

「不，其實不會，他們跟你一樣都是被組織丟掉的棋子，」賣情報的終於表情嚴肅，「對他們來說或許你也是不確定的因子？這沒遇到他們就問不出個所以然，你可以把他們帶走小黑這件事當作是多一個籌碼，或是他們單純放不下小黑。」

「只有這兩個選項？」

「可能還有別的，但這不是重點。」

「重點是什麼？」

「收屍體的你還記得之前要送你們通過邊界的時候，妮娜說要把你賣掉這件事嗎？我們那時候私底下的協議其實是我負責後勤把你們送過來都市這邊，而妮娜的組織那邊會給我一筆錢，以及一些擴充我設備的機器。」

「嗯。」我盡可能不讓自己的焦慮表現出來。

「但是，我到現在還沒有收到款項以及機器。」

「所以？」就只是這樣？似乎還不足以構成賣情報的站在我這邊的理由。

「還有，除此之外，我在黑斗篷的首領身上發現了一個東西，」她從口袋裡掏出了一個小吊墜，掌心的聖母造型雙手合十，和我跟楠的大體相似卻又不太一樣，「有見過這東西嗎？」

我和楠面面相覷，各從身上掏出自己拿到的聖母墜飾，像某種次文化的周邊商品。

「這是邀請函，」楠開口，「我從聖母之愛那裡得到的。」

「那到底是什麼東西？」我想我稍微冷靜下來了，但還是不太高興。

「你沒有聽過嗎？這幾年在空白地帶迅速興起的宗教，包含占星術跟拜火儀式之類的，總之，他們認為在空白地帶受苦的人們終有一天會得到聖母的救贖。」

「跟我聽到的不太一樣……」有點回憶不起跟那個十字眼罩的女人見面時的細節，只記得她說了這是一種——「照顧寵物的方法？」

「什麼意思？」

「給我這個墜子的女人跟我說她們在訓練一種照顧寵物的方法，然後還把身邊的小魚變成了髮圈。」

「這是魔術吧？」楠的聲音有點拉高，她歪著頭接著說了下去，「我有參加過他們的聚會，領頭的應該是一個戴十字圖案頭罩的女孩子，說是最接近聖母的人之類的。」

「然後妳就得到了這個墜子？」賣情報的問道。

「他們說是邀請函，有聚會時會發通知給我。」

「就像剛剛在舊大樓的時候一樣？」我說。

「對。」

「這就是奇怪的地方了，如果說這個聖母墜子發光或發出聲響是邀請信徒前往集會，在收屍體的炸掉舊大樓時發通知是要大家聚在一起禱告嗎？」

「這還滿正常的吧？就面對災難時的無力感，大多數的人都會不知所措不是嗎？」楠邊說邊把玩著胸前項鍊，然後整副拆了下來。

「但是空白地帶離舊大樓也有一大段距離，這個時間點說不通。」

「也有可能是剛好到了他們聚會的時間，每個禮拜或每個月一次那種。」

「這樣討論也沒有答案，另外一個問題是，」賣情報的頓了頓，「上次抓到的黑斗篷首領戴著這個，一點道理也沒有，黑斗篷可是政府那邊的組織。」

「宗教自由？」楠說道。

「不，這讓我想到另一件事，收屍體的，你是從什麼時候開始種那顆會動的樹的？」

「大概……我想想，應該是三、四年前左右。」

「你還記得他們當初怎麼委託你的嗎？」

「詳細我有點忘了，好像是有一天忽然接到電話，說組織有事情拜託我，後來妮娜跟白白就帶著樹苗出現了。」

「以我目前所知道的情報，空白地帶的收屍人不只有你一個，而且每個人到處收集屍體的目的都是為了要培育植物。」

「這大家都知道。」

「但我更在意的事情是，你們口中的組織，到底是什麼組織？」

組織是什麼組織？這個問題就好像是問湯匙是什麼湯匙一樣，一點意義也沒有……等一下，難不成，我似乎想通了什麼，原本的怒氣瞬間蕩然無存，「你的意思是？」

「你們說的組織跟黑斗篷一樣，都是忽然冒出來的產物，也跟剛剛講到的那個什麼聖母之愛一樣，一個團體從組成到壯大一定會有一個軌跡歷程，以我的情報網不可能漏掉這些東西，但是他們卻都不可思議的憑空出現。」

「然後你們說的這個黑斗篷，是城市這邊跟政府有關的團體……」楠的推論讓我打了個冷顫，也就是說，組織、黑斗篷跟什麼聖母之愛的，都有可能是都市那邊過來的？這樣推論有點太過武斷，我們手邊的證據還不夠充足，況且政府為什麼要做這些事情？黑斗篷暗殺反對意見的政客很合理，但組織培育植物來攻擊自己，以及透過聖母之愛來傳教？怎麼想怎麼奇怪。

「湯來了。」金先生端著湯鍋再次出現，打破我們愈顯凝重的氣氛，楠從旁邊的架上拿了湯碗餐具，擺在我們每個人面前，我說了聲謝謝，賣情報的反而站起身來離開座位，將椅背靠緊桌緣。

「你們吃，補充一下體力之後，我們就要去追小狗了。」

「你知道白白往哪裡去了？」

「欸欸欸收屍體的，我可是靠這個吃飯的。」

「那……你現在站在哪一邊？」

「如果成功機率夠高，」賣情報的歪頭想了想，「我就會站在受害者那一邊。」

＊

為了趕快把小黑給救回來，以我現在的身體狀況還是先跟賣情報的結盟才最符合效益，情緒暫時擺一邊，大局為重，雖然他是牆頭草，但確實是一大助力，但是，我還是搞不懂為何白白他們要特意繞回來抱小黑，他們和我一樣都是被當成棄子的眾矢之的，如果有個閃失，小黑只會是拖油瓶吧？

也無法完全確定楠到底值不值得信任，雖然才剛見面不久她已經至少救了我兩次，明顯比我能幹好幾倍，頻率對不太上也無所謂，一路上有她相伴肯定會輕鬆許多。

那再之後呢？又或是，我真的要去帶小黑回來嗎？

和那個賣情報的相識也很久了，他不會把事情做絕，但我現在不就又變成了他的棋子？就跟直搗黑斗篷據點那次一樣，被他趁隙而入好處盡拿，要不我就乾脆趁機逃跑吧！小黑有白他們照顧，暫且也不會出什麼大問題……

我將質疑與想逃跑的慾望牢牢壓在心底，裝作什麼事也沒有，迅速喝了碗熱湯，為身體稍微補充些體力之後，再換上整套輕便衣褲和金先生店裡備用的鞋子，帶上緊急藥包與球燈，賣情報的再次出現時各給了我們一個小小的單邊耳麥，「我會給你們路線，邊界現在一團混亂，你們準備好馬上就出發吧！」

我收下耳機，跟楠一起離開店裡走到外頭空地，原先群聚於空地上方的魚群不知為何全消失了蹤影，似乎能見到牠們在更遠處游動的身影，像是刻意避開這裡似的，怎麼回事？

「蹄仔你有準備交通工具嗎？」左顧右盼，楠掛回了閃爍桃紅的面罩。

「當然有。」賣情報的吹了聲口哨，同時有三條滿佈吸盤的肥壯觸手從店鋪後方頂樓升起，左右蠕動了一番之後自巷弄中擠出一副大得不得了的腦袋與身軀，臭章魚現在已經變成寵物了是不是？這根本就不是什麼小手術，完完全全變成那個賣情報的工具了吧！

「你自己沒有要去？」

「我是後勤欸，沒有後勤的行動不是成功的行動。」

「是這樣嗎？」

「不然勒？少廢話了，快出發吧！」

「嗯……總覺得我們在途中可能會遭遇突襲。」我說，能靠大章魚代步可以省去很多時間，但身軀巨大的代價就是容易成為標靶。

「可能會，但不止章魚，很多平時潛伏在暗處的大傢伙也都跑出來了。」

「例如……螃蟹嗎？」我想到之前在網路上瘋傳、螃蟹巨鉗夾斷人手臂的影片。

「對，邊界檢查哨現在絕對是一團混亂，為了擋住都市的逃難潮，人力應該也都加派過去那裡了，我會讓章魚帶你們走另外一條路，還有，你們需要武器嗎？」

「我不用，」楠伸手抱住章魚觸手尖端，雙腳離地，安穩擺放在章魚大腦袋皺摺築成的凹槽上，「我有自己慣用的。」

「那——收屍體的你應該需要。」

「嗯。」我點了點頭。

「我不覺得你有能力做到精準的射擊，因此事先替你準備了這個。」賣情報的遞出右手提著的長型提袋，我雙手接過，袋子沉甸甸，微微的金屬碰撞聲自袋子底部傳來，我拉開上方拉鏈，是把截短了的雙管散彈槍，但明顯不是這個時代的產物，像從博物館裡偷出來的贓物一般。

「這是古董了吧？」

「有總比沒有好，一次兩發，記得發射完要退彈殼。」

「袋子裡有幾顆子彈？」

「我沒有仔細算，五顆吧？五顆的樣子。」

「連個偶數都不是……」

「好啦趕快出發吧，如果可以當然盡量避免衝突，我們是去救狗不是去幹架的。」

「但是為什麼你要幫我去救小黑？」

「我說過了，一來他們還沒付款，二來我分析整個情勢後，決定站在受害者那裡，第三則是有些事情我也想要弄個清楚……」

章魚吸盤忽地從後頭將我整個上半身包含臉部緊緊纏住，一時無法呼吸，觸手一提一拉，我被拋往半空之中，摔進楠身旁的另一處腦袋皺摺凹槽，還沒坐穩，章魚便開始動作，迅速往空白地帶前進。

「隨時聽我的指示，有問題也都可以問。」賣情報的聲音自耳裡響起，我自覺情緒狀態還是不太穩定，果斷關閉耳機麥克風。

章魚的高度起碼有兩層樓高，加上踩著建物屋頂移動，我們就像是搭上十幾二十公尺高的觀光巴士，楠似乎是沒有用這種方式移動過，興奮之情溢於言表，我沒有心思帶觀光客導覽我也不熟悉的護城河，剛剛跟賣情報的彙整出的資訊還沒消化完畢，如果說這些煽動、介入、甚至是改變空白地帶狀態的各種組織與行動都是城市這邊的政府暗中搞鬼，他們的目的是什麼？照理說他們已經擁有了幾乎所有我們沒有的東西了不是嗎？也不可能是像楠這種探險家純粹是因為好奇心使然，整個組織的意志運作和個人不同，很難一想到新鮮的點子就馬上付諸行動，可這樣一來，不就更加應證了政府那裡不會隨意做出大膽之舉？還是說……

「那個……」我鼓起勇氣，對著身旁的楠喚道。

「什麼？」

「妳覺得這整件事情，我不知道妳對空白地帶的組織分佈還什麼的清不清楚，突然問妳這個好像也怪怪的，但是，這整件事情，真的有可能是城市那邊的政府在背後操作嗎？」

「你是指哪個部分？」

「哪個部分？還有分部分？」

「嗯我自己是覺得，」挪動屁股改換姿勢，楠半個身子朝向我繼續說道，「如果是政治鬥爭之類的，可能就說得過去。」

「政治鬥爭……什麼意思？抱歉，我對這個沒什麼概念。」

「大概就想像成組織裡面的權力爭奪吧！不管在哪裡總有人想要當老大，所以用各種方式來打擊現任老大。」

「包含派人種樹、炸掉舊大樓還有信教嗎？」

「我不知道，可能吧。」

「還是想不通，這個邏輯跟思考模式太莫名其妙了吧……」

「他們那種人很多言論還什麼的不是社會大眾能理解的吧？現階段的目標是把小狗帶回來，其他的就之後再考慮，想東想西也不會比較刺激。」楠雙臂撐起身體，繼續東張西望。

「嗯。」

把小黑救回來嗎？可是跟著我，小黑會過得比較好嗎？

已經能見到邊界檢查哨濃煙火光連天，而往左望去約莫兩個手掌長度，則是山稜般慢慢爬升的綠色藤蔓糾纏，一路延伸到更左之外的都市範圍內，乍看之下就像半邊緩坡、另外半邊全是峭壁的魔性山脈，汽機車喇叭鳴響與救護車鳴笛傳導到我們所在之處時完全轉化成另一種模糊奇特的音調，聽起來甚至有點滑稽可笑，我並不同情他們處境，說到底我也是這人間地獄裡的一部分，救自己都來不及了，哪還顧得上別人？

迴避臭章魚的其他魚類數量繁多，在幾呎高的空中四處竄游，彷彿平時潛伏在空白地區的海洋生物們全都選在這個紛亂的時刻湧了出來，平時隔開空白地帶與護城河的通電鐵絲圍籬此時功能全失，章魚輕而易舉跨過，往妮娜她們住的地方前進。

妮娜她們是想將小黑作為籌碼嗎？可威脅我一點用處也沒有，還是要用來威脅狗王？選擇小黑那條還未成為正式隊員的小狗來跟狗王交涉？這也沒有什麼道理。如果是妮娜提出來就算了，她的思路一直不太正常，可白白也在場，沒理由真的這樣亂搞……吧？要是妮娜堅持原路回來抱小黑走，說不定也有這個可能。

過了邊界之後耳機裡的雜音頻率愈顯密集，我認得這附近街景，以章魚的速度再幾分鐘就能抵達目的地——

砰！

第四章　繁花盛開

再次騰空飛起，某隻不知從哪裡冒出來跳躍衝撞的巨大青色螃蟹自後頭撞上章魚，章魚回身反擊，和對方扭打在一塊。我還不知道該如何是好，身邊的楠已直覺反應般的開始動作，單膝抵在章魚身上向一旁跳出，往其中一條觸手滑去。

「……喂喂喂你們！趕快找個地方，讓章魚放你們下去！有聽到嗎？喂？喂喂？」空白地帶收訊不良導致音質極差，耳機裡賣情報的聲音破了又破，我的身手沒有楠那麼矯捷俐落，加上腿傷疼痛，連滾帶爬順著同一條觸手滑降摔到章魚正前方的建築物頂樓，一落地，章魚便猛然往左側退了一大段距離，八隻觸手甩動纏繞，張牙舞爪，和大螃蟹相互對峙。

章魚不是螃蟹的天敵嗎？這隻笨螃蟹是仗著自己體積和章魚差不多大小就想要恣意妄為了嗎？雙方對峙時間並不長，牠們倆開始一來一往朝對方身上招呼，八隻觸手對上包含雙螯在內的十隻硬腳，彼此糾纏碰撞，地面震動，揚起的沙塵碎塊滿天，我從沒見過這些生物如此激烈的互相廝殺，難不成這些荒謬的存在也有對生命的執著？

「你們……你們不用管章魚！先下到地面！」耳機再次傳來賣情報的嘈雜呼告，楠伸手將還蹲在地上的我扯往屋頂另一邊，通往樓梯間的鐵門早已扭曲變形無法通行，上頭還噴著黑色顏料構成的聖母畫像，眼部像被惡意破壞似的紅色噴漆濃厚低垂，伸出擁抱的雙臂朝著奇怪方向延伸，這裡不能過，要跑酷越過防火巷到對面建築嗎？這我肯定辦不到。

「這裡！」楠不知何時戴上了手套，反身攀過牆垣，雙腳踩著牆面外側固定排水管的螺絲釘一格一格向地面移動。

「這個……沒有好一點的路線嗎？」右腳隱隱作痛，能否撐到地面都是個大問題。

「牠們打架打這麼兇等一下可能會撞過來，待在上面危險。」

楠的語氣平和，可透著種不容質疑的威嚴，我在她向下爬到三樓左右時才跨過牆垣，指尖緊緊扣著固定水管的鐵環，一步一步踩穩腳步。這個位置看不到大怪獸們的激戰，牠們好像也不太會發出吼聲，就只是猛烈敲擊硬殼與肉塊的聲響不停傳來，就像怪獸電影真實在面前上演，我沒想到一天之內全身會被汗水浸溼這麼多次，液體像小蟲一樣自後背滑落至腰際，再浸透褲管布料沿著大腿內側一路爬至腳踝，楠的速度比我快許多，等到我終於甩著緊繃酸痛的雙手抵達地面時，她已經探勘好周圍，確認沒有其他危險後回頭與我會合。

「還是要注意一下，我剛剛看了下，附近有一些不知道是誰的屍體。」

「嗯。」對街便是妮娜與白白住所的地下停車場車道入口，從提袋中取出雙管散彈槍反折，先裝了兩顆子彈進槍管，其他三顆子彈放左邊口袋，希望等一下不會真的使用到這種可怕的東西。

柏油路面龜裂碎塊遍佈，通往大怪獸相互撕咬殘殺的背景，有生之年能遭遇這樣的事件真不知道該高興還是難過，我們一左一右通過早就殘破斷裂的閘門，往暗無亮光的地下前進，像視死如歸的戰士。

小黑，我馬上就來救你了……應該吧？我現在也無法在楠的眼下逃跑，走一步算一步，在這種充滿危機的地方本來就沒辦法要求事事順心，還是要優先保全自己，就算結果可能會對不起其他人，那也是沒辦法的事情。

豬鼻面罩功能正常，綠光規律閃爍，我深深吸了一大口氣，卻聞到了異常濃厚的血腥味，像踏入了血水構成的沼澤之中一般，心理作用使然，視覺影響其他感官，我捧著散彈槍不敢大意，將身上的圓形球燈調整到能夠與楠辨別彼此位置的亮度。

停車格、大方柱、生鏽矮鐵桿、黃黑水泥磚、報廢車輛……地下停車場裡除了車道以外似乎每個角落都躺滿了屍體，無法避開，要是不順著地板上斑駁白漆箭頭走，往哪個位置踩出下一步都有可能踢個正著，這是什麼恐怖電影的大屠殺場景？我們真的處在現實中嗎？不是某種大型電影的拍攝現場？楠對著其中一個靠在柱子邊的屍體蹲下身，衣領中拉出了一條銀色墜飾，和她身上掛的造型相同，都是成環抱姿態的聖母像。

「是教徒。」她低聲說道。

我靠了過去，楠把屍體輕輕往下凹折，屍體的右手握拳架在後腦的頸部上方，拳心緊握，自虎口突出的筆狀物閃爍紅光，頻率似曾相識，就像我們在舊大樓時忽然響起尖銳噪音時那樣。

「他們是……自殺？」往一旁翻動隔壁同樣倒臥的屍體，一樣的姿勢，一樣的死法，我掰開屍體指掌，圓柱狀的兇器是沒見過的機器，可無論是什麼，要在這種難以施力的角度用足夠力氣戳進後腦，肯定是死意十分堅決。

「殉教。」

「為了什麼？」

「我不知道。」

「妳之前不是參加過？」

「對，但我也是抱著新奇有趣的態度參加過幾場聚會而已，沒有到非常深入他們的核心，我甚至連教義都搞不太清楚。」

「嗯……」指尖在伏趴在地的屍體身上搜索，同樣拉出條銀鍊，和我身上的同樣款式，「他們的墜子樣式跟我的一樣。」

「我記得你的是雙手抱胸，蹄仔的是雙手合十……這個差別在哪裡？是在組織裡的階級不同嗎？」

「有可能，」我說，「先繼續往下吧。」

希望小黑沒事。有點意外自己會突然冒出這種想法，明明一開始從公園抱小黑回來只是為了給狗王帶個禮物，牠那麼呆又那麼毫無防備，一點也不適合在空白地帶打滾，我鼻孔吐氣噌噌幾聲，繼續往停車場深處移動。

一具又一具屍體彷彿永無止盡，到底有多少人聚集在這裡之後同時朝後腦刺下那根奇怪機械，他們又掙扎了多久才失去意識與呼吸？以屍體的柔軟程度看來，他們的死亡時間並不長，我們在舊大樓聽見的噪音很有可能就是集體自殺的開始信號……惡寒自心底湧上，我打了個冷顫，用力搖搖頭想沖淡這種不舒服感，在有限的視線範圍內左右尋找向上移動的樓梯口。

「喂賣情報的，你能看到這裡面的狀況嗎？」我再次打開耳機麥克風。

「……#＊○※到……還在……@◎△※$……啊！」

「什麼鬼？」

「……我也聽◎◎＊※……你們先……※※#……」

這裡根本收不到清晰訊號，單邊耳麥裡賣情報的說的話全變成了難以理解的雜訊，楠也是一樣情況，我放棄和他溝通，將注意力放在身體四周，外頭仍時不時傳來震動與碰撞聲，大怪獸們的戰鬥尚未止息，這棟住宅大樓耐得住這種程度的搖晃嗎？

和上次從這裡離開時的狀況不太一樣，黑暗之中不見任何發著螢光的水母群，這些生物在不同場域展現出全然不同的習性搞得我好混亂，從他們是否出現來判定危險與否的方式已經不太管用了，我沒有什麼實戰經驗，趁亂脫逃與幸運躲過一劫的次數倒是很多，希望這次也能繼續苟延殘喘下去。

車道在前方被刻意排列的車輛截斷，只留下一條向右側沒入黑暗的路徑，但再靠右一些些的地方，車子構築的牆像是被人強硬撞開，數輛汽車東倒西歪堆疊，我不由自主聯想到為了宗教目的的迷宮或法陣，我們又走了一小段路，直衝深處的路徑和原先規劃幾乎成九十度角，地上流淌著不知是油、是水、還是血的濃稠液體，我的心臟撲通撲通用力跳動，不知為何，我隱隱覺得就快要跟妮娜她們正面交鋒了。

鞋底踩踏溼滑地面時盡量輕放力道，避免發出過大聲響驚擾到我們的潛在敵人，越往停車場內部移動，左右車輛築成的通道越加複雜，如果衝破這些車牆的是妮娜她們，表示她們和聖母之愛那些教徒不是同一邊的？這也不一定，妮娜可能單純什麼也不想管，而白白控制不住她衝動行事。

強行破開的道路在最後段往左方偏去，是那輛運送冷凍櫃的大箱型車！箱型車後門大大敞開，車尾左側明顯受過強烈撞擊，光源不足無法確定車內是否有人，楠從背袋裡掏出一把手槍，上膛聲清楚迴盪在車陣之中，她朝我比了手勢，要我先往左去，她負責右側殿後……

碰！

有人開槍！是誰？

碰！碰！碰！

汪汪汪汪汪！汪汪汪汪！汪汪汪汪汪嗷嗚——

小黑的哀鳴響徹，我不會聽錯，聲源在前面！身體反應先於意識，我不顧楠的阻攔，捧著散彈槍三步併作兩步往前跑去，明顯是迷宮中心的空曠處堆著柴火，焰火尚未完全熄滅，火星隨著微弱氣流飛散空中，圍著火堆癱軟著一圈教徒屍體，他們不在這裡！是在更後面的……

碰！

……碰！

第二聲槍聲明顯遲疑，回音未止，女人的尖叫聲接續而至，是某種出乎意料地歇斯底里，這是妮娜的聲線！除了我以外還有誰要找她們？尖叫聲延續了好幾秒，可一停歇之後馬上是另個男人的吼聲：「血債血還！妳們通通給我去死！」

到底是誰？這聲音似曾相識卻又沒什麼深刻印象，眼前道路硬生而止，沒有廂型車開道，要順著車牆繞出去嗎？不，我沒有那種耐性，直線前進速度最快，我雙手摳著車頂施力，腳踩後照鏡，再伸出右手手指扣緊堆疊在上的第二輛車的車輪輪框，差一點點，再一點點，我就可以翻過這道牆，從高處搜索她們的所在位置。

小黑的吠叫聲彷彿永不止息，即便聲嘶力竭仍然不願停止，等我終於攀上第二輛車的引擎蓋時，楠才姍姍來遲，開口喊道：「我從旁邊繞過去！」

「好！」

車頭離天花板還有一段距離，足夠讓我打直膝蓋站起，將球燈亮度調到最大，她們就在三排車牆之後的電梯口空地，明顯是妮娜身形的女子跟男人扭打在一塊，小黑狗左右徘徊奔跑藉機上前撕咬兩口後再退開，無法辨識那個男人是誰，是白白嗎？白白有可能會跟妮娜反目，甚至發出那麼巨大的吼聲嗎？

我想到她們那天晚上通過檢查哨後，在車上那段莫名尷尬的時光，還是說他們之間早就有嫌隙，只是我不知道而已，這也不無可能，白白雖然能忍受妮娜那麼久，可終究會有爆炸的一天。

想這些也無濟於事，小黑看起來還活蹦亂跳的，不幸中的大幸，其他的事情暫且都可以放下，等我帶回小黑之後再說。

我沒有足夠的把握能直接跳到下一道車牆，這裡離地差不多三公尺高，摔下去沒死也肯定骨折，球燈握在手裡左右探查，左側靠進柱子那裡正好有車輛構成的死胡同，從那裡可以過到下一道牆，然後依此類推，雖然會多花一點時間，可總比在迷宮裡亂轉還迅速。

不知道楠在迷宮裡是否順利，沒時間顧慮她，我彎腰趴在車頂前進，一輛車一輛車自我身下經過，妮娜她們的纏鬥還未停下，拳頭與腳板捶打踢擊在肉體與車輛鈑金上，汽車疊成的牆面結構並沒有想像中牢靠，每次碰撞都會激起連鎖反應，震動傳導到每台相連的車體，我不想讓自己的移動速度降下，可震動不僅只來自妮娜與男人的對打，還有外頭臭章魚和螃蟹的激鬥，每隔一小段時間地面便會上下搖晃，要先下到地面嗎？還是——

「啊啊啊哈！」

搭配吼聲與突如其來的巨大震動，對面兩人一狗身旁的車牆忽然整片向後傾倒，車輛就像骨牌般一片一片壓擠在其他車體上，像浪花拍擊，無數報廢汽車朝著我的方向傾瀉而來，還在車頂上的我沒有地方可逃，情急之下往一旁跳去，伸出的左手剛好扯到了大柱子上監視器的底座，可我的手指沒有足夠力氣撐著身體重量，不到兩秒便摔進另一台少了車門的小客車後座中，再連車帶人撞上地面，成為超混亂夾心餅乾的其中一員。

該死，頭暈目眩，疼痛自左半身襲來，我趴在駕駛坐椅上喘著粗氣，到底有多少車窗玻璃碎片斜插進皮膚裡我數不出來，不行，只差一步了，別想著逃跑，雙腿都還能動，散彈槍正好卡在車門口，我掙扎爬出車內，摘下面罩狠狠吐了一大口胃夜，落進金屬與塑料混雜的縫隙之中。

妮娜她們都還在原處，只不過兩人距離已拉開，不對，多了一個人，我這時才看見白白，他躺在妮娜懷中，小黑在一旁用頭頂著他的手肘，像是在討抱抱一般，而另一個男人扶著腰緩緩站起，搖搖晃晃，後背滿是血痕，原先高高抓起的頭髮早就亂得不像樣，可我還是認得出來。

是克達，繁虹的搭檔。

可是，克達怎麼會在這裡？

＊

「妳這是活該啦！幹！妳做出這種事……報應！幹你娘勒！報應！」

小黑回應一連串吠叫，克達聽起來處於某種崩潰邊緣，他是在說繁虹屍體的事吧？妮娜並沒有如預期般做出難以理解的反應，就只是屈身低頭將白白揣在懷中，而白白一動也不動，不會吧？剛剛的槍聲……

我不能盲目前進，克達既然都找上妮娜跟白白了，可能也知道我們之間的關係，雖然沒看到槍，可我不知道他身上還有沒有其他武器，暫時也不能指望楠前來解救，我並不太擔心她，以他幹練的樣子看來，這種程度的風浪她應該也見多了，希望剛剛崩塌的車海沒有傷到她無法動彈。

克達不是壞人這我知道，但是妮娜跟白白呢？我們都是組織的棋子，如果她們去抱了小黑過來，只是為了跟小黑一起逃跑，逃離組織的追殺，那我該幫誰？我現在全身都是傷，除了自己以外，我能幫誰？

「我們……我們就只是照著你們要求的去做，為什麼繁虹會被殺？你們勾結那些穿黑斗篷的傢伙不要以為我不知道！給我一個解釋啊賤人！」

聽不見妮娜的回應，只有小黑吠聲不止，這一點也不像她，不祥的預感自心中升起，可惡，我已經搞不清楚誰的立場更站得住腳了，不管怎麼做都有可能變成強迫二選一的情況，有那種只把狗帶走，其他全都視而不見的選項嗎？

確實有機會變成那樣，可執行面的部分要素得看小黑的反應，不能把希望寄託在小黑身上，失敗率太高了，不如正面對決，反正我有槍，只要將槍口對著他們的方向，就能多爭取一些時間，然後讓小黑乖乖過來我這裡……啊啊啊啊啊，怎麼想怎麼不可能，到底該怎麼辦？我身後的成堆汽車把退路搞得崎嶇難行，我必須先規劃另一條可以迅速離開的路線，可以從妮娜身後的樓梯間上到地面，不用等楠了，我相信她自己會找到離開的方法的。

「現在又開始不說話了？沒關係啊沒關係啊！我也不用得到什麼答案，反正妳們都要死了，」持續情緒高漲，克達拖著腳步，解下腰際皮帶，金屬鐵扣在灰暗中閃爍光芒，接著來回甩動了幾下，劃破空氣發出咻咻響聲，「那個男的應該也活不了了！下一個就是妳了，殺了妳就能替繁虹報仇了。」

不能再繼續磨蹭下去了，顧不了腦中規劃的解決方案，我連滾帶爬翻過兩輛側翻的小客車，腳下的立足點歪斜扭曲，根本無法好好施力，不行，這樣會來不及阻止克達，以我愚笨腦袋所能想到、不需要指望小黑好好配合的解決方案就只有一個，那就是──

我對著自己的正上方扣下扳機，轟！

火光照亮周遭，有那麼一瞬間，似乎見到了扭過頭來的克達眉毛上挑，後座力衝擊右邊肩窩，我仰躺摔倒在某輛汽車的輪胎上，左肩撞斷了後照鏡，好痛！關節好像有點錯位，只差幾公分整個左半身就會滑進車底與車頂的縫隙之中，再也爬不出來。

但至少爭取到了時間，我滾動爬起，邊往前移動邊折開散彈槍膛室，倒出彈殼，從口袋挖出兩顆子彈想塞進槍管，啊！我顫抖的左手滑了一下，其中一顆子彈彈飛出去，掉進雜亂廢鐵之中，可惡撿不回來了，我先將手中的裝進右邊槍管，再從口袋掏出最後一顆子彈，重複上述動作。

腳下不平整的金屬摩擦力微弱，腳踝拐了好幾下，腳尖顧不得每個踩踏之處是否能夠支撐我的重量，一陣慌亂跳躍之後，我終於摔倒在水泥地面，膝蓋手肘痛得要死，但我還是逼自己迅速起身，舉起槍管對準克達。

「不准動！大家都不准動！」

在場其他人聽見我的喊聲後果然停下了動作，可一條黑影聽不懂人話似的飛奔而至，毫無保留撞在我身上，我重心不穩，再一次跌倒在地，小黑又是你！好了！不要再舔我的臉了！去旁邊！去！

「你是……？」好不容易爭取來的空擋就被這隻臭狗給破壞掉了，我推開仍不停搖著尾巴又叫又跳的小黑，手肘抵地再次奮力爬起，掛在胸前的球燈晃啊晃的，克達終於認出我來，皮帶垂落在地，一臉驚訝，「你跟他們也是一夥的嗎？」

「咦？不是！我……」好像怎麼回答都不對，我該怎麼解釋？

「這樣就說得通了！那個時候你就已經在騙我了！我去找你的時候！」

「呃你是說……」

「你跟我說你什麼都不知道！你說謊！」

像瘋狗一樣朝我拔腿衝來，氣勢彷彿無人能夠阻擋，小黑擋在我們之間發出憤怒低鳴，我手中散彈槍對著克達，張口大喊：「你不要過來！冷靜下來聽我解釋！」

沒有降低跑速，比起話語，克達的怒氣更早一步抵達我的面前，「沒有什麼好解釋的！」

「我要開槍了！給我冷靜下來！」食指放進護弓中，我的指腹緊貼扳機，不行，就算只是威嚇也得開槍，可是沒有多餘的子彈了……這之後再說，我抬起槍管，瞄準克達身體右側好幾公尺旁，深深吸氣。

轟！

爆炸引起的狂風將我們同時吹倒在地，哪來的爆炸！成堆車輛之後是廢鐵也無法完全抵擋的烈焰，火舌自車體殘骸縫隙中竄出，濃烈汽油與皮革燒焦味穿透豬鼻面罩直嗆鼻腔，我趴在地上想抱起小黑，但牠一溜煙奔回白白與妮娜身邊，喉間吠聲不止，然而妮娜她們仍不為所動，彷彿擬真塑像一般被擺在了不合理的地方。

無數車輛上流淌而出的汽油交互作用，火勢瞬間猛烈了起來，伴隨外頭巨無霸章魚大戰螃蟹引起的陣陣震動，楠還在迷宮裡面啊！怎麼會忽然爆炸？我明明還沒有開槍啊！該不會是剛剛向上擊發時的火星引燃的？不是，似乎是在更遠的地方，媽的，就算是楠，遇到這種規模的爆炸也不可能毫髮無傷啊！不行，我沒有餘裕顧慮她！

烈焰熊熊逼人，熱氣蒸騰，汗水瞬間從皮膚冒出，我掙扎起身跑向克達，他還側躺在地上，我雙手握著散彈槍兩側前推擋在他的胸前，用全身重量將他壓制在地，他的精神狀態分崩離析，吼著各種憤恨字眼，我決定不再浪費力氣說服他，先想辦法將他弄暈再說。

不確定能堅持多久，我跪在克達身上，牙齒緊咬的吱吱作響自顱內響至耳後根，仰躺在地的克達滿臉漲紅，一時沒辦法吸到空氣，再一下，手臂再撐一下，克達你先休息冷靜！不要來添亂！

「需要幫忙嗎？」

什麼？突如其來的問句打斷我的動作，克達還沒完全失去意識，不知哪來的力氣將我推翻在地，我望向聲音來源，濃濃黑煙中桃紅亮光閃爍，戴著透明護目鏡的楠將一片引擎蓋扔向地面，從廢鐵堆中現身，就像是某種超級英雄或超級士兵一樣。

「妳竟然沒事！為什麼！」

「火就是我放的啊！」

「啊？」

「趕快走吧！有比大火更難纏的東西。」

「什麼意思？」

「你等一下就知道了，這個人要救嗎？」無視我的問句，楠指著躺在地上大口喘氣的克達問道。

我點點頭，試圖攙扶克達爬起，他看起來精疲力盡，眼神同時流露著憤怒與困惑，之後再解釋吧！

「那兩個人也要一起帶離開。」

「她們不是兇手？」

「對，但我想搞清楚是怎麼回事，都到這個地步了。」

「躺在地上那個還好嗎？」楠問。

「我不知道。」

我的回應拋向了往白白與妮娜小跑步而去的背影，我努力撐起克達身軀，腎上腺素拜託你多發揮點作用，都到這個緊要關頭了，不要前功盡棄啊！

位於楠移動路徑上的小黑被她一把抱起，小黑意外沒有反抗，後腳踢了幾下後尾巴左右狂搖，我和克達像兩人三腳一樣往樓梯間移動，他似乎也意識到情況危急，比剛才配合了許多。

可妮娜似乎就不這樣想了，等我們移動到她和白白身旁時，她的肩膀連動後背不斷顫抖，雙手遮在白白的眼部位置，我從沒見過她這樣，楠蹲在她們身旁輕拍她的後背，對著我和克達抬起頭來，「兩位……兩位都要帶走？」

「對，如果可以的話。」

「可是——」

爆炸風暴再次襲來，吹得我們差點站不住腳，而這次除了火焰之外，汽車殘骸中還出現了好幾隻手臂與腿脛，周身燃著火焰的人像喪屍一般冒出，彷彿完全不害怕疼痛，體表的灼燒對他們來說似乎不痛不癢，這種超乎常理的樣態……我不由得想起了黑斗篷之下的那些屍體們。

「他們、他們到底是……」終於恢復理性，克達嘴裡吐出的字句清晰傳進我們耳裡，而楠則從腰側掏出了短槍，上膛。

「取捨的時候到了，」單膝跪地，楠手中槍械指向火堆中新一波的威脅，「他們是教徒。」

*

除了喪心病狂以外，我想不到其他適當的詞彙來描述，爆炸風一次又一次沖倒我們，蹣跚前進或爬行的教徒們似乎是不死身，只有將腦袋澈底打扁轟爛之後才會停下動作，早就該躲進樓梯間上樓避難，但是無論怎麼勸說與拉扯，淚流滿面與失去意識的白白就只有移動短短幾步距離，再這樣下去，所有人都會一起葬送在這個地下墓穴之中。

「妮娜！趕快！我們要沒時間了！」

「再不走就來不及了！」一邊開槍邊吼道，楠跟克達退到了樓梯口，小黑還圍著我和妮娜、白白打轉，體力似乎也快要見底，用力喘著粗氣。

「妮娜！」

「……」

「呃啊！」又是一個無法溝通的固執鬼！朝著迎面撲來的教徒扣下散彈槍扳機，最後兩發子彈消逝在黑暗之中，我隨手將長槍仍到一旁，雙手從妮娜脅下穿過，試圖將她拉離地面。

依照妮娜的嬌小身形，照理說是可以輕易拖動，但她全身癱軟無力，只剩下雙手緊緊抓著白白的上衣，沒有辦法正確施力的情況下，她們就像塗上了黏著劑，怎麼扯也離不開地面。

「妳不能讓白白就這樣犧牲啊！至少妳還能活下來！我還有事情要問妳們！」

「……」

「給我起來！馬上！妳再不起來我也會死啊！」

「……可是……」終於有所反應，但她的聲音含在口裡糊成一片。

「什麼？」我大聲回道。

「……如果我丟下他，他會很孤……」

我猜妮娜的最後兩字要說的是孤單，突如其來的灼熱風暴又一次將我們向後擊倒，我在地上翻了半圈，推開撞在我身上的噁心教徒，無法辨別各種火焰灼燒的溫差，眼前火勢已隨著地上汽油蔓延到離我們三四公尺遠的地方，教徒像是一顆顆人型火球義無反顧持續朝我們衝了過來，沒辦法再待下去了，我毅然決然轉過身，正好見著楠拋過來的長繩，繩尾繫著小小秤錘直直朝我飛來，伸出雙手緊握，整個人半跑半爬摔進樓梯間裡。

沒看到妮娜與白白的最後一眼，楠關上厚重的防火逃生門，隔絕地下室的一片火海，可濃煙仍自門縫中不斷湧出，小黑早爬上了樓梯介於樓層之間的迴轉區塊，不見克達身影，先一步逃跑了嗎？

不太知道該怎麼描述當下的心情，即便跟妮娜與白白的交情不算太深，好歹也共同生活過一段時光，和撞見繁虹屍體那次不一樣，我不知道，說實在的我對她們也沒有深刻認識，她們背後的組織是如何運作我也不清楚，除了一個負責天馬行空的搗亂、另一個負責冷靜規劃與收拾善後，其餘的資訊我一概不知，甚至連當初她們每天拖來的一整車廚餘肉糜是打哪來的我也不曾過問！

可是，或許這算是人的天性或本能？無法忍受跟自己一樣物種的生命在眼前消逝，我真的不知道，我盡可能克制自己想哭的衝動，鼻頭由內而外酸楚疼痛，濃煙滿佈下也難以脫下面罩擦拭淚涕，可就只是這樣，連一點液體也出不來，我抬頭仰望楠登上樓梯的背影，目的是達成了，但接下來呢？

今天過於漫長，長到連自己該怎麼反應都有點遺忘了，像是彈性疲乏的橡皮筋，一過了緊實變為鬆軟的那個瞬間就再也回不去了，只因為這裡是空白地帶，該死的空白地帶，該死的次等居民。

「克達……那個男的勒？」

「我不知道，剛剛拉你進來的時候似乎就先往上跑了。」

「嗯。」

我們一步一步向上爬，終於回到地面，一樓社區大廳的狀況沒有好到哪裡去，無論是地面還是牆面都裂痕滿佈，原本該是大面窗戶的位置可以直接感受外頭的熱風吹撫，不知道是早就這個模樣還是大怪獸們相互撕咬造成的，建物震動仍在持續，我們穿越大廳，尋找離開這裡的路徑。

大門口被斜插進地面的巨大蟹螯堵住通道，只剩上下兩瓣鉗子中間縫隙留有一些能硬塞通過的空間，從外面傳來的聲音聽起來戰鬥仍未止息，小狗是救回來了，但章魚似乎一時也無法擺平突如其來的麻煩，這裡離邊界畢竟還是有一段距離，看來得且戰且走了。

「楠！我們等一下往哪邊走？」我對著早已穿過大門的楠喊道。

「我先看一下章魚的狀況。」

巨螯落地的角度恰好卡死了門口左右兩側，必須要屈身擠過螯爪中間才能看見馬路上的情形，風險太大了，如果爬窗戶出去會不會比較好一點？依舊沒見到克達人影，他往哪裡去了？

我轉過頭，原本在前方的楠卻走了回來，面有難色，示意我退回大廳之中。

「外面也有教徒。」楠說，「而且數量不少。」

「啊？不會吧……」

「先看有沒有別條路。」

「妳覺得克達會往哪裡去？如果這裡沒看到他的話？」

「窗台？」

可窗台邊並沒有克達蹤影，小黑像是開啟了警戒雷達，忽地發出低沉喉音呼嚕，接著在我們周圍焦躁繞圈，楠從腰側抽出手槍，退出彈夾確認剩餘子彈後重新填裝，不只是地下室，連地面上都有教徒威脅嗎？他們到底是什麼東西啊？

幾秒鐘之後，一字排開的六扇大窗戶全出現了好幾個兩眼無神的腦袋，他們後腦插著圓柱機械，爭先恐後想攀過窗台進到大廳之中，而我們身後濃煙密佈，只剩左右兩邊可以選擇，其他方向一步也無法動彈。

「欸欸不是吧……」我的聲音在口腔裡打轉，可我已沒有多餘力氣驚訝。

「這裡偏偏又是挑高大廳，沒有樑柱可以做施力點爬上去。」手槍上膛，楠碎唸同時左右查看尋找能逃出生天的方式，我一點忙也幫不上，只能張開雙臂彎身抱起小黑，做好最壞打算。

不應該再跑回來的，都得怪這隻臭狗，很多事情到了這個緊要關頭還是無法理解，為什麼教徒會變成這樣？他們想要做什麼？不同款式的聖母墜子又代表什麼意思？聖母之愛和組織真的和城市那裡的政府有勾結嗎？包括妮娜跟白白在內，我們終究只是棋子嗎？還是說……

「……※＃＊△○來了……@＊$＃○※救星來了再撐一下……！」

單邊耳麥不知何時開啟了開關，賣情報的終於又有信號了，可說的話沒頭沒尾，我和楠對視了一眼，眼前如洪水般湧入的教徒們怎麼看都不像是救星，右側路程太過遙遠，左側牆面是我們唯一能爭取時間的方向，在賣情報的口中說的救星來之前只能暫且自救，我們擠出最後一點力氣拔腿奔去，身後砰咚聲響是教徒們撲倒堆疊的重擊，光是血肉擠壓的聲響就令人毛骨悚然，我根本不敢回頭看，救星還沒來嗎？不要讓人燃起希望之後又落空啊賣情報的！

凹嗚——

接續在突如其來的犬隻長嚎後，前方壁障轟然破開，瓦礫石塊齊飛，我下意識別開視線，試圖不讓小黑從我懷中掙脫，不合比例的章魚觸手捲著螃蟹斷螯從我們頭頂越過，將一整面教徒鏟翻在地，接著朝我們伸來，像是其他星球出產的電扶梯一般，章魚終於贏了嗎！而牆面破口處的其他空間則是灌入一隻隻精壯大狗，每隻身側的墨綠編號隱隱發光，火箭般迅速飛向我們身後的瘋狂教徒們。

有那麼一瞬間，我覺得我全身的力氣都將乾枯見底，還沒，還不行，最後一小段了，楠率先登上蟹螯，我將小黑交給她，雙手撐在螯上突起硬處，用盡最後一絲力氣爬上，在章魚觸手的拖動下安穩離開地面。

聚集在社區大樓側邊的犬隻起碼有三四十隻以上，但沒看見狗王本人，狗王跟賣情報的果然早就互相勾結在一塊了！我們越升越高，每條進入雙眼的街道都起碼有一兩個瘋狂的教徒們正和大狗相互拼殺，他們雖然沒有武器但無論怎麼撕咬都會再次站起，依然沒見到克達，可能想辦法逃離了吧我猜，章魚將我們擺回腦袋上的皺摺，像小孩子一般揮舞著蟹鉗往回程方向移動，小黑則像是不會疲累一般興奮的又叫又跳，剛剛明明就快不行了，到底是哪來的體力？好了好了，你趕快去睡覺不要再踩我的肚子了！

事情發展至今，也算是有個好的結果吧？我不確定，太陽快下山了，天空的顏色依然是詭異的暗紫，和這幾年來相較並無二致，那之後要怎麼辦？我的頭痛了起來，還是先好好休息一下比較實在。

在失去意識前，我這麼想道。

*

鯨魚墜落時會發出聲音嗎？

周圍重力薄弱，我過了許久才意識到自己身處在液體之中，而那頭黑色鯨魚由上而下以極為緩慢的泳速靠近，先是頭部，過了許久才是每每令我不寒而慄的巨大眼珠，祂並不急著超越我，而是跟我維持在同樣高度，像一起在泥淖裡緩緩浮沉的樣子。

不太能理解祂想做些什麼，我們也算是見了許多次面，換作是平常肯定會在腦裡推敲各種可能性吧！但這次我不願再多做思考，就這樣漂浮著也好，即便只是夢，夢也不錯，能做夢代表還活著，還活著就還有……

真難得腦袋會冒出希望這個詞，再之後的事情我無法預測，我既不像那個賣情報的能透過各種資訊分析，也不像楠經驗豐富，更不是狗王那樣有一堆守衛以守為攻，只能走一步算一步，就像棋子一樣，啊！說到棋子啊！我又想起了妮娜跟白白。

妮娜到最後都不願拋下白白，我想我只能參透她的部分想法，就像以前那樣永遠搞不清楚她的邏輯，但當下接收到的情感不會騙人，她是打從心底想跟白白待在火場之中，不顧後果，就像她一直以來的風格一樣。

淚水忽然從眼頭與眼尾湧出，我從來沒有想過自己的情緒也會如此一發不可收拾，自體內流出的液體如氣泡般向上飄散，早已記不得上一次流淚是什麼時候，沒關係，在這裡無論怎麼撕心裂肺，其他人也不會發現吧？

我忍不住大吼大叫起來，聲音在液體中像是罩上了層絨毯，傳導到耳廓時總比顱腔內響起的獨白更慢一些，這些年來累積的無數苦痛與心酸彷彿能透過哭喊而稀釋淡化，那頭黑色鯨魚仍不為所動，靜靜的看我脫序失控，許多空白地帶的居民們將祂視為神祇一般的存在，但神明不就只是無所作為的至高存在嗎？高高在上俯視眾生，然後無所作為。

那祢為什麼又一直出現？

我向前游去，想要狠狠揍那頭黑色鯨魚一拳，可無論我怎麼踢動雙腳，我們永遠保持一定距離，有時候似乎靠近了一些，卻又在不知不覺中拉回原本狀態，到底是為什麼？難道連在夢中也沒有辦法隨心所欲嗎？

深深吸了一口氣，肺裡充滿液體也無所謂，我決定扯開喉嚨，用盡全身力氣，「啊啊啊啊啊啊——」

醒來在軟床上，一如預期。

上次在這裡睜開眼被貼得太近的妮娜狠狠嚇了一跳，這次房裡除了我以外空無一人，我沒穿上衣，左手整隻臂膀、腰間、雙腿膝蓋包滿繃帶，全身痠痛不已，只要左半身動作幅度太大便痛得受不了，咬緊牙關也難以承受的那種，我小心翼翼從下舖坐起，房裡沒有時鐘，站起，一跛一跛往門口處移動。

內裝和上次來時有著顯著差異，靠近木門地上電線糾纏延伸，左右兩側擺了好幾台電腦主機與風扇，好幾個螢幕同時顯示空白地帶與都市畫面，這應該是即時現況，到處都充滿著魚和藤蔓，說到底，這些魚是從哪裡來的？牠們在我小時候就存在了嗎？

伸手拉開門把，人聲對話從門縫中流進房裡，聽起來像是手機播放影片與那個賣情報的嗓音，我撐著扶手一階一階慢慢下樓，腎上腺素消退之後做什麼都痛得不得了，樓梯陡峭彷彿永遠都走不到底，小黑意外地沒有來迎接，我繼續向下，一樓大桌旁狗王手裡握了個染血的項圈對著我點了點頭，賣情報的幫他找到那個黑斗篷拿走的項圈了嗎？我抿嘴點頭回禮，賣情報的背對著我，手中平板點啊滑的，像是沒發現我出現了一樣。

「嗨。」我出聲問道，「小黑勒？」

「楠帶牠去附近散散步。」賣情報的頭也不抬。

「我睡了很久嗎？」

「沒有很久，但也來不及了。」

「來不及什麼？」狗王幫我拉開了他身旁的椅子，我本來想向他道謝，可賣情報的隨即將平板推了過來，擺在我們三個之間，而畫面停格在某個癡肥中年人在桌前嘴巴微啟，鬆垮臉頰下西裝筆挺，除了他以外其他看上去像是政府官員的人一字排開，身後佈景簡潔明亮，寫著「恐怖攻擊臨時記者會」幾個大字。

「這個人是市長，你看看他說什麼。」

「嗯。」我按下播放鍵。

「……為了儘速彌平現在混亂的局勢，市政府已出動市內所有警力與消防人員，將災害盡可能減到最低，同時國軍也已經派出陸軍第八軍團共兩千名官兵弟兄前往現場救災，請各位市民務必遵循警員與消防員弟兄的指示前往避難場地，請勿過度驚慌……」

「這有什麼值得看的地方嗎？」我不太理解，就都只是些官方辭令罷了。

「繼續看。」

「……目前已經封鎖起來的受災區域，我們也已成立專案小組前往各個地點勘災，預計能在一個禮拜之內完全清除藤蔓……」

賣情報的手指探出點按螢幕，畫面暫停，正好是不同位置的攝影機切換瞬間，看起來是市長的男人剛好固定在表情奇怪的時間點，眼睛要開不開，反而是大開的嘴彷彿能吐出一團蒼蠅，然而重點似乎不是那裡，賣情報的將畫面放大拉往右側，陰影之中站著個女人，畫質模糊，看不清楚眼部，可下巴稜角清晰，是個漂亮完美的弧度。

「對這個人有印象嗎？」

「……沒有。」我如實以告。

「她是市長說的專案小組的負責人，」擷取畫面之後退出，賣情報的叫出了另一張照片，「你看看。」

另一張照片中的女人上半臉罩著雙十字機械，和影片對照起來臉型如出一徹，連嘴唇翹起的弧度都一模一樣，我忍不住驚呼出聲，賣情報的手沒有停下來，繼續叫出更多檔案來，包含個人資料、過去活動紀錄、近十日行經路線、以及最後彈出的另一部影片，隨即自動播放了起來。

影片畫質明顯粗糙，是路口監視器錄下的畫面，偵數也略顯不足，每個動作都會卡頓延遲一些些，但這無損我們辨識畫面中的頭罩女人，她領著一群裝束與她相似的黑長袍信徒，站在離他們有一段距離的最前頭，更前方是某條雜亂藤蔓的末梢，在陽光下緩緩蠕動，彷彿隨時都會暴起傷人。

「這個街口是……」

「護城河跟城市的邊界那裡，你注意看。」

無法得知十字頭罩的女人是否有低聲禱念咒文，她朝著藤蔓尖端緩緩舉起右手，攤開的掌心彷彿聚積著能量一般，以此為支點向前擴散，處在能量包覆範圍內藤蔓似乎受到影響，開始出現不自然的震動，像是有台馬達裝載在最前端逐漸過載失控，幅度逐漸由些微起伏轉為跳繩一樣的迅速拍擊地面，現場肯定更令人震驚，而略微卡頓的影像使得一切變得更加不真實，下一秒，不，嚴格說起來是不到半秒，糊成一片的綠色藤蔓變成了好幾條粗電纜捆成的集束，末端絕緣橡膠剝蝕露出裡頭纖細電線，接著像頭虛脫的獸，轟然伏倒在地，女人緩緩放下右手，接續的則是身後傳來的陣陣高昂呼喊：

充滿光與愛之聖母，釋放靈魂悲傷——

充滿光與愛之聖母，解脫靈魂憤怒——

燒盡與包容，解救我們的苦與痛，引領步出廢墟與深淵——

影片到此輒然而止，即便沒有後續，影片內容也令人內心焦躁不已，就像那次把小魚變成銀色短繩那樣，一點也不合常理，這已經不能稱之為魔術了，這簡直就像……就像神蹟一樣！我抬起頭，狗王依舊一言不發，嘴角下垂表情嚴肅，賣情報的收回平板，接續方才話題，「這是昨天下午拍到的。」

「下午……」我其實不太清楚自己睡了多久，「我們去救小黑的時候？」

「大概是回程左右，也就是說，這件事情跟那些教徒死而復生是差不多時間點發生的。」

「聖母之愛一邊攻擊空白地帶裡的人，一邊把藤蔓變成不同的東西？」

「邏輯不是這樣，如果把這部影片跟專案小組負責人放在一起看，以及她的身分，整件事情就兜起來了。」

能把藤蔓變成不同物件，因此變成了清除藤蔓小組的負責人，但同時也是聖母之愛的領導者，有無數願意為了她殉教的信徒成為活死人破壞空白地帶秩序，而操控方式……

「那個插在教徒後腦的機器是？」我問。

「收屍體的你想的方向沒錯，雖然和黑斗篷的方式不同，但原理都是透過指令哨音傳導刺激小腦等部位來讓他們活動。」

一樣的技術分派給不同組織，好達到某種特定目的，但目的是什麼？黑斗篷就只是要求收屍人處理他們想要滅跡的屍體，且他們與組織有一定的關係，也知道我們收屍人會將屍體餵養給樹，而樹苗是組織給的，好用來籌畫恐怖攻擊炸掉舊大樓，炸掉之後再讓聖母之愛的教主現身擔任救星，在市民面前變魔術一般消除藤蔓，同時讓能短暫活動的喪屍肆虐空白地帶。

就像一個圓圈輪迴，為的是什麼？還有什麼沒連上嗎？

黑斗篷、組織、加上聖母之愛，賣情報的認為這三個全是從都市發跡，但又跑來空白地帶發展，如果彼此之間都有聯繫，而教主又能在市政府中擔任要職，難不成……「他們都是隸屬於政府的單位？」

「不能說是隸屬，他們不會笨到在政府組織安插這些有的沒的，但肯定有所掛勾，甚至以有的沒的名義編預算金援他們。」

「但是，為什麼？」

「我原本也想不透，不過我在你下樓前不久剛找到一份有趣的資料，我直接講結論，」頓了頓，賣情報的轉過身來正對著我，右手架在椅背上稍稍扶著頸部，「護城河大多區域，七十幾趴，都被中鼎集團給買走了。」

「所以只是為了要炒地皮？」我不太能理解。

「沒有那麼簡單，如果市政府單純賣地，大財團買了那些無法利用的土地要做什麼？他們那些大老闆不會去投資無利可圖的東西，而空白地帶形成到現在也二三十年有了，那時候經濟崩盤導致的各種建設荒廢，進而引發的住民與垃圾回收問題，一堆拉哩拉雜加起來才會變成現在分成都市、護城河與空白地帶三個區塊的模樣，如果能夠解決空白地帶的治安問題，同時重拾市民與投資者的信心，接著再讓財團能投入的各項資源到位，把過錯推給空白地帶的恐怖主義，今年底就要選舉了，賭這一波看能不能贏得有投票權的那群人支持，也能說這麼做能拉高之後的經濟成長跟就業率，根本就不會有人在意你背後是怎麼運作的，而且住在空白地帶的本來就是次等公民，最好通通消失，整座城市繁榮富強起來，這種一石二鳥的計畫怎麼想怎麼值得。」

賣情報的滔滔不絕一口氣吐出一堆字句，我想我能理解，可卻無法馬上接受，如果事情真如他所說，這一切都……

「……太、太荒謬了。」

「魚都能在空中飛了，在這個地方還有什麼好大驚小怪的？」

＊

狗王離開店裡的時候一句話也不說，金屬大門重重關上，暴戾之氣充溢，我甚至不敢問他願不願意收留小黑。

我的任務終於告一段落，不用每日到處搜尋作為肥料的動物屍體，不用擔心突然出現的不速之客突襲，不用執行莫名其妙的作戰，不用拯救又笨又呆的小狗，在警察跟組織找上門之前，所有事情忽然都慢了下來，還沒確定接下來該往哪裡去，或許離開這座城市避避風頭，也可能找個地方先適應一陣子，再來想辦法怎麼養活自己。

拜行動不便所賜，接下來幾天都是楠帶著那隻小笨狗出門溜躂，我花了很多時間與精力換藥包紮，真的難以施力的部分才勉為其難拜託金先生，聽賣情報的說我那天昏沉沉搭著章魚回來時也是金先生幫忙處理我的傷口，但不知為何，可能是他的臉色真的太過嚴肅陰沉，我就是難以對他表達感謝之意。

在我養傷的這段期間，市政府動作頻頻，專案小組消除了都市裡七成以上的藤蔓，藤蔓倒也不是憑空消失，而是變成鋼筋或纜繩之類的東西，也不知道那些鋼纜是藤蔓的原貌，還是另一種新的外顯型態。每個區域處理完畢後，專案小組就會在街角插上一朵花束，花束中央拱著尊銀色聖母像，象徵事情圓滿解決，且在媒體新聞日夜轟炸下，頭戴雙十字面罩的教主一躍成為眾人矚目的對象，聖母之愛的入教申請暴增，像是某種新的社會風氣，眾人推崇景仰至極的精神領袖。

原本爆炸般拓展生活區域的那些海底生物們則一日比一日少，僅剩下舊大樓尚未清除的藤蔓周邊能見到牠們蹤跡，根據網路投票意向，市民似乎傾向將舊大樓規劃成某種紀念性質的建物，政治意味濃厚的提醒每個見到的人勿忘此次恐怖攻擊，以及提早替未來的城市觀光產業做規劃，而市政府表示：「樂見其成，將與舊大樓內的招標廠商與飯店進行協商。」

政府底下的軍警也沒閒著，趁著勢頭跨過邊界，以公權力之名清空封鎖空白地帶的諸多建物，不過垃圾處理與回收場依然持續運作，並且莫名其妙得到就地合法的證照，確保都市廢棄物清理與運作，可除了少數認為官商勾結、程序不合理的異議份子外，誰會在乎這些事情？優勢警力加上媒體操作，不同的聲音終究是無法持續發出。

而原以為賣情報的已經直接將金先生的店作為據點，他卻忽然表示自己有事要離開一陣子，大堆機械器具不知道用什麼方式瞬間搬空，只各留了張一點也不合時宜的舊式名片給我和楠，他幫我們多付了幾天的房錢，說以後如果走投無路再去找他，不過前提是他還沒被警察抓走，或是還沒被仇家給遊街示眾後公開處刑。

一直等到一個禮拜之後，我才能正常行走，那天下午我剛在餐桌旁坐下，打開手機螢幕，正準備繼續關注專案小組的行動，楠和小黑散完步回來，忽然開口問道：「要回空白地帶一趟嗎？」

「啊？回去做什麼？」我對於她還沒離開其實感到有些訝異。

「透透氣。」輕揉小黑的後頸，小黑與她甚至變得比與我還親密，牠搖了搖尾巴，一溜煙跑進廚房找金先生撒嬌，「順便給你看個東西。」

「看什麼？」

「去了就知道。」

「嗯，也是可……不過，有交通工具嗎？我還走不快。」

「你覺得呢？」她說。

戴上面罩步出店門口，一輛看起來馬力十足的銀亮重機停在空地對面，車尾炫耀般的紅色車牌刺眼，楠迅速騎了過來，排氣管轟轟作響，我抬腿踩上腳踏板，慢吞吞跨過椅墊，給女孩子騎機車載不是什麼難堪的事，活到這麼大，很多事情早就不怎麼堅持跟在意了。

順著小巷騎出路口，楠利用這幾天摸熟了附近路線，我在空白地帶探索製作的地圖也分享給了她，不過仍有些許出入，邊界哨站裁撤轉型成為軍警駐紮處，通電鐵絲圍籬一段一段被拆了下來，早就看不出來原本的界線，如果抹去界線是如此輕易且簡單的事情，那之前好幾個十年大家都在做些什麼？

迎面而至的晚風吹拂，沒有各種魚類的室外令人放鬆了不少，我們在淺紫偏粉紅的天空下朝空白地帶——或是說「前」空白地帶前進，被廢棄了的烏托邦式城市規劃依舊杵在原處，各式斑駁天橋與地道通往不同方向、懸空平台與穿越建築中段的空中步道、崩塌或爬滿植被的拱橋與牆面，好幾處和新聞說的一樣，被鮮黃封鎖線層層包圍，時不時能見到制服裝束的軍警在街道巡邏，正式接手前的部署，公權力棄而不顧之後又回過頭來的赤裸裸入侵。

街道上的教徒屍體不知所蹤，等我意識到我們的目的地時，重機已彎過街角旁破了個大洞的生鏽水塔，緩緩滑向大樓門口，門口原先斜插在地巨大蟹螯早已不見蹤影，剩下幾根變形鋼條毫無章法扔在一旁，停車熄火，再次踩上空白地帶的路面，感受卻全然不同。

「又回來是要……」我沒有說出妮娜與白白這幾個字，楠看了我一眼，領著我走近樑柱歪斜的大廳，血漬與破壞痕跡仍滿佈地上，通往地下室方向的樓梯也纏上了黃色封鎖線，但楠朝著樓上走，我跟著她，一階一階緩緩上爬。

上樓梯本身就是件費力的事，對全身都是傷的我來說更是吃力，楠沒有要幫助我的意思，保持一定的領先距離，像是在帶我復健一樣，直到我前胸與後背的汗水浸溼上衣，她才忽地開口說道：「那天蹄仔跟我說了那三種不同樣式的聖母項鍊的差別，他說他從那個黑斗篷首領口中問出來的。」

「他怎麼說？」

「跟你之前猜測的差不多，你拿到的雙手抱胸聖母是專門給殉教者的，我們在舊大樓聽見的響聲就是啟動訊號，讓他們無差別攻擊空白地帶的居民；我拿到的擁抱姿勢聖母是給一般信徒，響聲是要大家開始禱告，然後等待神蹟發生；至於那個雙手合十的聖母則是核心人物或決策者專用，似乎沒有內建揚聲器，數量很少，好像只有不到十個的樣子。」

「那他們現在還會發那些墜子給新入教的人嗎？」我想起我的扔在金先生店裡的床頭，那天從口袋掏出來之後就沒再帶在身上過。

「這我就不知道了。」

「賣情報的沒有把黑斗篷的首領處理掉嗎？他這樣很危險吧？」

「我也搞不懂他。」

楠說話同時，我們已快抵達頂樓，她側身抵在鐵門上用力推去，金屬摩擦聲刺耳，方形的室外照亮了我們周圍不少，我喘著氣踏出門外，楠站在靠近對腳牆垣的破碎地磚上，腳邊則是兩支約莫半人高的十字造型木條，交叉處固定用的白色布條尾端沒有多做修剪，隨著微風悠悠飄動。

「我前幾天回來，地下室就已經被封起來了，我想辦法下樓推開那個防火門，後面什麼都沒有。」楠後傾靠在矮牆上，雙手抱胸。

「什麼都沒有？」

「嗯，明顯被刻意整理過的樣子，除了火燒跟煙燻的痕跡之外什麼東西都沒有，那些廢車跟屍體都不見了。」

「嗯……」

「我也不確定她們……你的朋友們，應該是朋友？無所謂，總之我也不知道她們到底是死是活，就用我自己的方式做了這個，也不算是衣冠塚，畢竟連衣服都沒留下，之前在如果有夥伴在空白地帶發生意外，我們都會按照對方的宗教信仰來做類似的東西，我不知道她們信什麼，就照自己的信仰做了。至於那個從窗戶逃走的也不知道跑去哪了。」

我點了點頭，一時不知道該說什麼，楠也不勉強我，起身往另一邊走，我低頭看著兩座樣式相仿的十字架，固定在同一堆碎瓦礫中，也分不清哪一個代表妮娜，哪一個又代表白白，我沒有什麼可以留給他們當紀念，身上也沒有她們給我的東西，只好隨便從地上撿了顆邊角銳利的石頭，在左邊的十字架頂端刻了個Ｘ，右邊則是〇，正與反，就像她們兩個的組合。

也不知道這棟樓房何時會被都市入侵的傢伙們拆掉，也或許她們兩個在最後一刻逃了出去，我們只是一廂情願的隨意紀念罷了，我不想繼續深究，扔掉手中石頭，楠背對我站著的位置是太陽落下的方位，而異常紅潤飽滿的太陽正巧位在那座被藤蔓包覆的詭異舊大樓上方，滿天紫雲和橘光放射，就像科幻電影會出現的場景一樣。

緩緩走向她，她的面罩側面仍閃爍桃紅光線，我醞釀了好一會兒，才終於開口說道：「謝謝。」

「沒什麼好謝的。」

「嗯。」

「嗯。」

「那接下來勒？」

「什麼接下來？」她問。

「嗯……我這邊的事也結束了，妳接下來的計畫。」

「聖母之愛吧！」

「妳要加入他們嗎？」

「嗯，暫時，你也知道他們最近忽然成為一個超級龐大的組織，就像植物開花那樣一團又一團在一夜之間冒出來，這種時候最適合趁機混進去一探究竟了，一定會很有趣。」

楠在形容的時候，我的腦中忽然浮現那天回到公寓頂樓推開鐵門時，那棵爛樹開滿了花的畫面，填滿視野的燦爛豔紅像是烈火延燒，又像是滿天的顏料恣意潑灑飛濺，無所顧忌，恣意張狂，就像抱著屍體頭顱在樹下狂舞的妮娜那樣瘋狂，巴不得一口氣將生命能量消耗殆盡似的。

「開花啊……」我忍不住脫口而出。

楠稍稍偏過頭來看了我一眼，接著悄聲附和，「對啊，像花盛開那樣。」

*

再後來就沒什麼見到那些空中飛翔的魚類與其他海底生物了，彷彿牠們從未存在過，好像跟那些藤蔓有關聯，算是某種藤蔓接觸空氣之後衍生出來的產物，但科學家們還在努力研究，大家平時也不會提起，一點都不在意。

這段期間又見到了那頭黑色鯨魚一次，是在騎車回金先生的店時，剛好瞥見祂自己個街區外的建築物後方升起，佔滿街口建物之間縫隙，不知道其他路上的人有沒有見到一樣的景色，但我在路邊停下車，看著祂不斷上游，最後穿進雲層之中，頭也不回離去。

不知為何，我總隱隱覺得這輩子不會再見到祂了。

那種異樣的感覺難以言喻，可日子還是要過，只好暫時擱在一旁，裝作什麼都不知道。

木作工房的廁所在這幾個禮拜認真清掃了好幾次之後，只剩下磁磚壁縫裡難以根除的深色污漬，手裡抹布摳掉小便斗上方壁虎大便留下的污痕，我走出門口，扭開水龍頭嘩啦啦沖洗，擰乾，掛在陶瓷洗手槽的邊壁上。

即使還沒到下班時間，每個禮拜五最後的清掃工作完成之後，我還是會直接關門走人，金先生只有偶爾在早上或中午會短暫出現，他大多時候都躲在店裡的廚房，上次幫忙端東西進去不到五分鐘就滿身大汗，也不知道為什麼他有辦法長時間在那麼悶熱的小空間裡活動，哪天金先生說他是從赤道那附近來的我也不會感到意外。

收拾好背包走出辦公區域，電動鐵門在身後緩緩下降，未暗的天色似乎比幾個月前更澄澈了一些，小黑早就在外頭的機車旁打轉，喀噠一聲跳上腳踏之處端正坐好，舌頭露在長吻外頭甩啊甩的，口水滴得地上到處都是，我跨坐上車放下中柱，發動引擎往金先生的店騎去。

空白地帶消失之後，金先生剛好缺人手，就順勢在那裡住下來打雜，當然不是住二樓客人的房間，而是穿過木造樓梯下方奇妙小通道後才能抵達的另一個神祕空間，裡頭正好隔成兩間，靠浴室的那間金先生自己睡，空的則留給我自由運用。

和一開始的印象有所出入，金先生沒有想像中的那麼可怕，基本上所有提議都會採納，也不太干涉我的作法，只是他的臉部似乎天生少了幾條肌肉，永遠都是一副不苟言笑的模樣。

至於小黑的部分，狗王跟他的軍團像是從都市蒸發似的，完全打探不到關於他們的消息，也沒辦法將小黑託付給他，還好金先生爽快的同意讓小黑自由進出，牠一夕之間從被媽媽拋棄的流浪狗躍升成為日益肥碩的店狗，不到兩個禮拜，店裡跟工房就全都變為小黑的地盤，工房地上到處都是他從外面撿回來的石頭或金屬廢物，我跟金先生懶得管牠，牠自己也玩得不亦樂乎。

穿得正式或時尚的市民開始出現在護城河與空白地帶，許多街區建物正在整體拉皮或乾脆搗毀重建，無論白天晚上都有無數砂石車或水泥預拌車在路上橫行穿梭，路口插上交通號誌，馬路也重鋪了好幾遍，聲稱要打造全台灣最大長度的平整路面，只不過我常常會想，為什麼拖到現在才做呢？是我們終於得到重視了嗎？還是他們看見了更多可圖的利益？

就好像開啟了某個開關，市民對於原空白地帶與護城河的態度一百八十度大轉變，各種資金與物質、文化等一口氣全灌進了乾涸多年的區塊，聽說中山路那裡正在規劃學校建設，可能是中學，也有可能是職業學校，空白地帶竟然也會有學校？實在是令人難以想像。聽說連吊人樹都被連根拔除了，再過一陣子，應該就真的看不出城市與空白地帶的差異了吧！

手機在口袋裡震動，趁停等紅燈時摸出點開螢幕，楠傳了張照片過來，是她跟聖母之愛教主的單獨合照，教主的上半臉仍然罩著雙十字頭套，有人說她連洗澡睡覺都戴著，還有人說她其實是因為某種病症造成腦部外露，必須配戴那頂特別的機器才能維持生命，留言說法百百種，每種都說得繪聲繪影天花亂墜，也不知道真相是什麼。

楠的確有自己的一套，照片中兩人身體靠得極近，就像親密好友高舉手機自拍一般，背景看起來是在飯店房間裡拍攝的，不知道楠的詳細計劃是怎樣，我不想知道更多以免生事，只記得之前她說她拿到了另外一個版本的聖母墜飾，是懷中抱著嬰兒的造型，ＬＥＤ裝進了嬰兒的頭部，收到訊息時嬰兒雙眼便會發出綠光，比我們拿到的吊墜更加莫名其妙，也更加讓人感到不舒服。

只不過大多數人的感受都和我不一樣，好像越瘋狂越離經叛道，大家就會越狂熱的追隨，前陣子在轉角新開幕的便利商店便看到了聖母之愛的聯名兌換活動，集滿點數能換陽傘、提籃和野餐墊之類的，竟然是和到戶外野餐這種悠閒愜意的主題相關，姑且不論戶外的空氣是否適合野餐，這是聖母愛世人還是聖母迎合世人？

選舉也快到了，雖然我這輩子從沒參與或投票過，每個候選人看起來都精神飽滿，整天在電視跟網路上高談闊論，路邊的旗幟標語一日比一日密集，可是候選人的眼神好像都是死的，眼神是不會騙人的，廣義來看，他們也跟殉教的教徒們差不了多少吧我猜，幾年後聖母之愛推派候選人出來競爭也不是沒有可能。

但無論社會怎麼進步，好像都只是社會大眾的意識推動使然，以前在空白地帶每天只想著要怎麼繼續活下去，可現在知道更多事情之後，才真的覺得自己不僅是無名小卒，甚至連反抗什麼的力量也沒有，就算因緣際會之下得到了決定怎麼改變世界的能力，事情也有可能馬上朝著反方向加速前進，就像炸掉舊大樓那件事，都市的人有得到我一開始期待的教訓嗎？似乎也沒有，反而陰錯陽差讓空白地帶的存在就此消失……這也算是好事吧？如此一來，空白地帶就能正式出現在地圖上了。

也有可能這只是暴風雨前的寧靜，我不知道。

反而是警察、國安局或組織從沒找上門來，我知道都市裡到處都是監視器，要掌握我們那時的行蹤輕而易舉，這也是政府陰謀的一部分嗎？還是楠或那個賣情報的私底下出手幫忙了？算了，等到狀況來了再想辦法吧！

回到金先生店前的小空地時天空已經是暗沉的深藍，門口仿歐洲樣式的銅製小燈前幾天剛換上，昏黃燈泡光暈溫暖，像是歡迎路過的疲憊旅人進去喝一杯似的，小黑率先跳下車，動作俐落跑到門前嘿嘿喘氣，我停好車，拎著鑰匙拉開金屬大門。

汪！汪汪！汪汪汪汪！汪汪汪！汪汪！汪！

早一步從縫隙擠進門的小黑忽地扯開喉嚨吠叫，聽起來卻不像是有敵意的陌生人來訪，我歪著頭探過門板，賣情報的放鬆坐在餐桌旁雙手交疊，桌上早擺滿了食物，比平時我跟金先生隨便解決的份量比起來豐盛了兩三倍以上。

「……你怎麼會來？」出乎意料。

「真是失禮，金先生沒有員工訓練嗎？」垂下右手搓揉小黑主動湊上去的吻部與頭頂，小黑馬上就被收買了，乖乖坐好噤聲，可惡，賣情報的看起來還是一樣討人厭。

「你算是客人嗎？」

「嚴格說起來，我還算是股東勒。」

「真的？」

「先來吃飯吧！我請客。」

「感覺就不只是單純吃飯……我先去換件衣服，全身都木屑。」

「慢來，我就先吃了。」

「沒帶章魚一起過來?」

「牠早就消失了，變成了好幾台大怪手跟吊車。」

「是嗎……」

「嗯，跟其他魚類一樣。」

從賣情報的身後經過，鑽進木製樓梯下方的小通道，我在房間門口放下背包，直接進到浴室裡脫去外衣外褲，不想讓粉塵多沾染店裡的其他地方。

鏡子裡的傢伙全身都是疤痕，尤其是左胸一直延伸到左手臂，傷疤突起混亂，搞得像是摔角選手一樣，而腰部的大面劃傷應該也是沒救了，蟹足腫體質真的是很棒的人體免疫機制。

洗了臉，將衣褲扔進洗衣籃內，回房間換了套簡便衣褲，房間裡連個衣櫃也沒有，就只是張擺了床墊的床架跟擺不了什麼東西的小桌，當初搬進來時倒沒打算久留，或許要去生一些家具來?之後再用木作工房的木料自己做好了。

打了個哈欠，我走回到店裡的前廳，金先生正好從廚房裡出來，下巴朝桌子方向指了指，意思大概是要我先吃飯，我「嗯。」了一聲，拉開賣情報的對面椅子，一屁股坐下。

「感覺過得還不錯啊?」食物含在嘴裡，賣情報的邊咀嚼邊說話，這樣才是失禮的表現吧!

「還可以，」我回，拿了個小碗盛湯，「環境比空白地帶的那間公寓好多了。」

「嗯，有人來找你麻煩嗎?警察之類的。」

「沒，可能只是還沒有。」

「我想也是，我現在知道的是因為選舉快到了，所以他們會先抓個代罪羔羊，給選民一個交代，等選舉後再看執政黨要怎麼處理。」

「代罪羔羊？要找誰？」熱湯順口，今天的玉米濃湯裡絞肉跟玉米大概佔了整鍋的三分之二，吃起來又腥又甜。

「已經找到了啊！」

「誰？」

「你認識的人，」賣情報的不疾不徐，「妮娜跟白白。」

「啊？他們已經……」我沒有繼續說下去，一股憤恨自心底湧上，組織……市政府那些人真要做得這麼絕嗎？

「最後的剩餘價值，看他們怎麼操作。」賣情報的補充，像是事不關己似的。我本來想說些什麼反駁，但說實在的，這都只是遷怒，妮娜與白白的下場真的與他無關。

「所以我還能待多久？」

「不確定，但至少選舉前不會有什麼大事。」

「嗯。」這樣還要自己做衣櫃嗎？

「不過——」

「什麼？」

「狗王想要搞個大事，缺人手，你有要參一咖嗎？」

「什麼？狗王不是失蹤了？」不只這件事讓我驚訝，果不其然，賣情報的另有目的。

「沒啊，看這個，」賣情報的從碗盤上方遞來平板，上頭文字密密麻麻還附有圖像示意，像是某種計畫文件，開頭寫著選前之夜突襲活動幾個字，真糟糕，看來狗王是真的生氣了，「要加入嗎？」

「……狗王在想什麼？」

「很簡單啊，復仇。」

「復什麼仇？黑斗篷的事讓他的狗死傷慘重？」

「不止，空白地帶瓦解之後很多勢力都重組了，背後也不乏市政府或外地勢力伸進來的觸手，無論這次行動成功與否，只要狗王沒死，都能為他打出名堂，他養狗來打天下的那套也會跟著轉型吧！總之，要選邊站就趁現在了。」

「我需要時間考慮。」

「我可以理解，不過，還是盡快給個答覆，你知道規矩。」

「嗯。」我一口氣喝完剩下的湯，放下手中小碗，「那你是站在哪一邊的？還是只是單純掮客？」

「哪一邊？我們認識那麼久了，你還不知道嗎？」

「多少要確認一下。」

「認真回答的話，當然是有利可圖的那一邊。」賣情報的露齒邪笑，看起來滿肚子壞水。

「真是誤交損友。」我說。
「對了，差點忘記自我介紹，我現在叫做雉雞，就只差你這隻猴子加入後一起去打鬼了。」
「那桃太郎是誰？」
「你覺得呢？」

全書完

後記

嚴格說起來，這次聚焦在《鯨滅》之後，但也難以稱作是續集，頂多是借用許多相似概念，延續一些喃喃自語和莫名其妙的突發奇想，東拉西扯，造就了這個故事的完成。

前陣子在達米恩（Damien Rudo）的《悲傷地形考》裡看見他提到了馬克歐傑（Marc Augé）的超現代性和非地方（non-places），指稱汽車旅館、機場休息區、加油站、超市之類通行和消費的過渡空間，缺乏歷史和記憶，空間中的人只是某個正好身處其中的旅客，忽然覺得一直以來有興趣的部分事物聯結在一起，馬克歐傑的那本《非地方：超現代性人類學導論》既薄且短，很適合隨手拾起翻閱，在此之前讀到更有趣的則是阿拉史泰爾（Alastair Bonnett）的《地圖之外》和《圖外之地》（不過他的新作《島嶼時代》卻讀得緩慢，第一章反覆看了兩遍，可能是他一口氣舉太多案例，腦袋一時難以吸收消化吧？），我有許多重要靈感都是來自這兩本書，地景與地圖的關係、空白地帶、游擊園丁、飛地、異托邦……如果說很多寫科幻的人其精神或啟蒙源自於科技發展，我想我則是來自地理和空間。

記得小學四年級時班導師辦了一份班級報紙（雖說是報紙，但其實只有一面，可以貼在教室後方的公佈欄），其中一個專欄就是在空格中填入自己對未來的期許，很多同學寫職業，也有人寫環遊世界，但我思考了許久之後，寫上了「我是陳建佐，長大以後我想要建造一座虛擬城市」。

看起來很像是被《模擬市民》還《模擬城市》之類的遊戲洗腦的可悲小肥宅，也可能是《世紀帝國II》的成癮者，甚至因為寫了這個而被我姐取笑了一番，「虛擬城市是什麼啦？」她好像是這樣說的，可我當時真的時常在腦中規劃想像關於城市的建築與設計，空間如何運用，有什麼酷炫東西會出現在裡頭。之後高中考大學數學太爛進不去地政系，也沒辦法填什麼都市計畫相關的，就只好繼續保持幻想，然後試著用文字來建構出來，這樣或許也算是稍稍完成部分夢想吧？不知道其他同學是否也有好好往自己的目標邁進？

可能是沒有在城市裡長大的關係，從小到大對城市都有一種難以言喻的嚮往，高中住在高雄車站旁邊，雖然更大一些之後總有高雄人跟我說「為什麼你比我在地的還要熟悉地理位置？」但總覺得跟都市還是有層近在咫尺卻永遠無法觸碰的距離，大學在台北城外那就更不用說了，後來回南部待了幾年，時間再推到現在住在台南市區，好像終於才又離城市近了一點，然而，城市住起來卻也不是那麼的舒適。

那天有碩專的同學說，沒有在台南出過車禍不能算是台南人；高雄的路直且寬，但每每被高雄同學載總是超乎常理的險象環生（包含人車一體，三不五時把自己當成行人橫越斑馬線）；

而待在台北三峽總得客運換捷運，大部分時間終究是在車內或地底遊走。也因此來到台南之後，有機會便會選個地方將機車停在騎樓，用走的到處亂逛，雙腿萬能，想用何種速率前進後退都無妨，老城市巷子多，東鑽西竄，每個地方都有有趣的東西會忽然被身體注意到，視線、氣味、溫度、坡度、材質、距離……時常是一團混亂，但我想一團混亂才是最酷的，所有異想不到的事物都會從中迸出，事後忘得一乾二淨也罷，當下總是讓人感到心情舒坦。

雖然還有一些關於夾在都市與鄉村之間的格格不入和適應，但畢竟是扯遠了，回到正題，無論手上有這本書的人們是否有真的花時間閱讀，我都報以萬分感激，仍有許多不足之處，我會繼續努力的。

此外，我猜很大的機率會有下一部與此相關的作品，希望能有足夠的氣力來完成，感謝。

釀奇幻65　PG2695

空白地帶

作　　者　陳建佐Chazel
責任編輯　石書豪
圖文排版　陳彥妏
封面設計　劉肇昇

出版策劃　釀出版
製作發行　秀威資訊科技股份有限公司
114 台北市內湖區瑞光路76巷65號1樓
電話：+886-2-2796-3638　傳真：+886-2-2796-1377
服務信箱：service@showwe.com.tw
http://www.showwe.com.tw
郵政劃撥　19563868　戶名：秀威資訊科技股份有限公司
展售門市　國家書店【松江門市】
104 台北市中山區松江路209號1樓
電話：+886-2-2518-0207　傳真：+886-2-2518-0778
網路訂購　秀威網路書店：https://store.showwe.tw
國家網路書店：https://www.govbooks.com.tw
法律顧問　毛國樑　律師
總 經 銷　聯合發行股份有限公司
231新北市新店區寶橋路235巷6弄6號4F
電話：+886-2-2917-8022　傳真：+886-2-2915-6275

出版日期　2022年3月　BOD一版
定　　價　280元

讀者回函卡

Printed in Taiwan

國家圖書館出版品預行編目

空白地帶 / 陳建佐Chazel著. -- 一版. -- 臺北市：
釀出版, 2022.03
面； 公分. -- (釀奇幻 ; 65)
BOD版
ISBN 978-986-445-619-2(平裝)

863.57　　111000698